時代小説

弾正の鷹

山本兼一

祥伝社文庫

目次

下《さげ》針《ばり》

一

紀州《きしゅう》雑賀《さいか》党のなかで鈴木《すずき》源八郎《げんぱちろう》のことを、本名で呼ぶ者はほとんどいない。本名より〝下針《さげばり》〟という通り名のほうが、よほどよく知られている。鉄砲の名人上手がそろった雑賀党のなかでも、まず文句なく一番の腕前だ。

そのうえ雑賀党領袖《りょうしゅう》鈴木孫市《まごいち》の甥で、五十人の鉄砲衆をしたがえる物頭《ものがしら》（将校）で、小金があって、男前がよく、いでたちも颯爽《さっそう》としているので、女たちによくもてる。素人娘から後家《ごけ》や遊び女《め》まで、源八郎はこまめに女たちと遊んだ。

「へっ、女なんて惚れるもんやないっちゃ。惚れさせるもんや」

それが、下針こと源八郎の信条だった。

その源八郎が、紀州から摂津《せっつ》石山本願寺《いしやまほんがんじ》にやってきて、女にぞっこん惚れた。こんなことは、生まれて初めてだった。

相手は、遊び女である。

本願寺寺内《じない》の北町に大和《やまと》川の船着き場があり、そばに遊び女の家がある。紀州から石山本願寺にきて三日目、源八郎は小博奕《ばくち》で勝って、この家で遊んだ。数寄《すき》をこらした朱の壁に、南蛮《なんばん》渡来の緋更紗《ひさらさ》のふとんがなまめかしかった。

女は三つ指をついて、綺羅《きら》と名のった。

韓紅花《からくれない》の小袖《こそで》を脱がせると、肌が吸いつくようにやわらかかった。小柄でおさなげな顔をしているくせに、乳房はゆたかで源八郎の掌《てのひら》にあまった。

床《とこ》でさえずる声がいい。どこか雅《みやび》に垢《あか》抜けて洗練されているので、身もこころもとろけてしまいそうになる。

紀州の田舎女や歩き巫女《みこ》しか知らない源八郎は、綺羅の妖艶さに、われを忘れ、おぼれて夢中になった。精をはなったあとも、源八郎は綺羅を抱きしめてはなさなかった。

「綺羅は、吉祥天女《きつしようてんによ》や」

「あほらし。ただの遊び女や」

綺羅は、つまらなそうに横をむいた。床のなかでは最高の女だったが、ことが終わると素っ気ない。それも、田舎の白拍子《しらびようし》などとはちがう魅力だった。

「おまえは、どこの生まれや」

「ここの寺内町」

「親は？」

「死んだ」

母親は綺羅を生んですぐに亡くなり、御坊《ごぼう》警備の番衆だった父親は、六年前、織田信長が攻めてきたときに戦死したという。

「信長が憎かろう」

「そうでもない。いくさやもん仕方ない」

しれっとしたものだ。

「こんな商売は、つらいやろ」

「べつになぁ。兵隊のほうがしんどいんとちがうか」

聞かずもがなことを聞いたと自分でも思った。ほかの女なら、もうちょっと気のきいた会話もできるのだが、綺羅を前にしていると、源八郎は素のままの自分になってしまう。幾晩かかよったが、いつもそんな調子で、とりつくしまがない。

それでも、床のなかでは脳天がとろけるほどに妖艶で、源八郎はかようたびに夢中になっていった。

――なんとか、惚れさせせちゃる。

そんな意地が頭をもたげてきた。

綺羅は、安い女ではない。一晩で銭《ぜに》二貫文。歩き巫女や白拍子の数十倍もの銭がいる。源八郎は紀州雑賀の庄を出るときもらってきた餞別《せんべつ》をすべてつぎ込み、あちこちに借金さえできていた。

かよいはじめて幾晩目か、綺羅のあまい肉を堪能したあとで源八郎がたずねた。

「綺羅は、なにが好きや」

ついいましがたまで、源八郎の背中に爪を立ててすがりついていたくせに、綺羅はもうなにごともなかった顔をしている。それがまた腹立たしいほど美しい。

「さあ、なんやろ……」

「好きなものぐらいあるやろ」

「ふふふ」

わらってこたえない。まだ十九だが、二十四歳の源八郎より、数段世間ずれしている。

「うちが好きなんは男よ。お銭《ぜぜ》をぎょうさん持ってきてくれる男が好き」

綺羅の顔がかがやいた。

「ほうか。綺羅は銭を持った男が好きか」

「ほかにも好きなものはあるよ」

「なんや」

「金無垢《きんむく》の観音様《かんのんさま》を持ってきてくれる男、南蛮のギヤマン壺を持ってきてくれる男、高麗螺鈿《こうらいらでん》の文箱《ふばこ》を持ってきてくれる男」

目の玉が飛び出すほど高価なものばかりならべたてる。

「そんなもん、持ってくる男がおるかい」

「いてるよ」

綺羅は、座敷の違い棚を指さした。そこに、精緻《せいち》な細工のギヤマンの小壺と螺鈿の文箱が飾ってあった。

灯明《あかり》に照らされて、ギヤマンと螺鈿は美しくきらめいている。銭の五貫や十貫でおいそれと手にはいる代物《しろもの》ではない。

「あれを持ってきたひとがいてる」

源八郎は絶句した。自分が紀州の田舎者だということを、いやになるほど思い知らされた。この石山の寺内町には、うなるほどの銭を持った男がいるのだ。

「あんたは、なにを持ってきてくれるの？」

「ああ」

うなずいたものの、言葉がでてこない。なにを持ってくれば、この女は満足するのか。

そのとき、あでやかな大輪の牡丹《ぼたん》をみごとにえがいた襖《ふすま》のむこうで、女の小声がした。

「すんません」

「おはいり」

少女が座敷にはいってきて、起きあがった綺羅に耳打ちした。うなずいた綺羅の顔がほころんだ。

「今日は、もう帰ってくれる？」

「なんや、朝までの約束やないか」

「ごめん。かんにんして」

綺羅はもう背中をむけて髪に櫛《くし》をとおしている。

源八郎は、なにかいおうと思ったが、綺羅の背中に、待っていた男があらわれたときの浮き立つ気配が感じられて、みじめにうなだれた。女に、こんなくやしい思いをさせられたのは初めてだった。

座敷をでたとき、廊下で少女に小銭をにぎらせ、つぎの客の名を聞き出した。

「春兆《しゆんちよう》さん。万字屋《まんじや》の旦那さんや」

万字屋春兆という武器商人が、本願寺に鉄砲を売りつけて大きく肥《こ》え太った人物だというくらいのことは、源八郎も知っていた。

「綺羅は、惚れとるのか、その春兆に？」

少女はこくりとうなずいた。

二

「ええか、法主様《ほっす》の顔なんか拝もうと思うな。無礼があってはぐつわりい（具合が悪い）。ずっと頭をさげちょれや」

鈴木左太夫《さだゆう》孫市が、居ならんだ二十人ばかりの鉄砲衆を前に、そう念を押した。

「とくに下針《さげばり》。おまえを心配しておる」

「なんでら」

「おまえは、なにをしでかすかわからんところがある。目上の者に対する尊敬の念ちゅうもんがない」

「尊敬でけるような者がおらんからら」

孫市は、ぎろりと大きな眼で源八郎をにらんだ。くせのつよい男ばかりがいる雑賀《さいか》党をたばねているだけに、目つきにはさすがに凄《すご》みがある。

雑賀のなかでも選《え》りすぐりの鉄砲放ちたちが、これから本願寺法主顕如光佐《けんにょこうさ》に腕のほどを見せようというのだ。

すでに、外濠土居《そとぼりどい》脇には幔幕《まんまく》が張られ、床几《しょうぎ》がならべてある。

「まもなく法主様がまいられますので、よろしくお迎えください」

小走りに駆けてきた若い僧が、雑賀党の面々を見て、とまどい顔になった。具足は自儘《じまま》でばらばらなうえ、みんな海でそだった男たちだから、鉄砲衆というより、見た目は海賊にちかい。毛利《もうり》などからきている門徒兵とくらべると、格段にあらあらしい。

「鉄砲を脇へやって、地べたにはいつくばらんかい」

孫市が蹴飛ばすようにして一同を二列にならべ、地面に平伏させた。

「顔をあげるなや」

みなが頭をさげたところへ、法主と側近はもとより、法主の縁戚である一家衆、警備の番衆まで五十人ばかりがやってきた。ひとしきりざわめきがしずまると、さきほどの若い僧が声をかけた。

「どうぞ、お顔をおあげください」

といわれても、一同はほんのすこし頭をあげただけである。孫市に釘を刺されている以上、勝手な真似《まね》ははばかられた。

頭を半分あげて、法主の顔を盗み見たのは、源八郎ひとりだった。源八郎は、上目づかいにしげしげと法主の顔をながめた。

本願寺十一世法主の顕如光佐は、色の白い貴人だったが、思いのほか目つきのするどい男だった。青く剃《そ》り上げた頭が利発で明晰な相をしている。ただ弥陀《みだ》の名号《みようごう》を唱《とな》え、如来大悲《によらいだいひ》の恩徳にすがるだけの軟弱な法主には見えなかった。

「雑賀鉄砲衆の評判はようかがっております。ぜひとも目の前でみせてもらいたいとわたくしからお願いしました。この石山御坊には、まもなく信長の大軍勢が攻め寄せてきます。この地をあけわたすわけにはまいらぬのです」

顕如はきびしい顔でそう話した。

「弥陀の法を守るためにはみなさんのお力が必要です。どうか、お力を貸してくださ い」

法主が頭をさげた。

「かしこまってそうろう」

孫市が、感きわまった声をはりあげた。

「御坊の守りは、われらにおまかせあれ。信長の好き放題になど、させはいたしません」

「たのもしいかぎりの言葉。この顕如、安堵《あんど》いたしました」

「それでは、さっそくわれら自慢の腕前をお目にかけましょう。まずは、鶴首《つるくび》」

「へい」

呼ばれた男は、平伏したまま後ずさると、くるりと向きをかえて、射撃位置に立った。

正面の土居の手前に木の台があり、首の長い素焼きの瓶子《へいじ》が五つならべてある。距離は三十間《けん》（約五四メートル）。

「この男、鶴の首をあやまたずに射《い》中《あ》てますほどに、鶴首ともうします」

鶴首は火薬と玉をこめ、立ったままの姿勢で無造作に放った。瓶子の首がみごとにふきとんだ。一発、二発、三発、四発、五発。すべてが命中した。

法主をはじめ、幔幕のうちの面々が、満足げにうなずいた。

「つぎは蛍《ほたる》。闇夜の蛍をみごとに射中てまするが、いまは昼ゆえ、蜂を狙《ねら》わせます」

孫市の合図で足軽が木箱をひらくと、蜜蜂が十四ばかり飛びだした。距離は十間。

蛍は鉄砲をかえて三発放ち、二匹に中《あ》てた。

つぎつぎに、ふたつ名前をもつ男たちが、射撃の腕を披露し、そのたびに坊主たちは大げさにおどろいた。

「最後にひかえましたるは、下針にございます」

「下針とは」

顕如がけげんな顔をした。

「糸にてぶらくった(つり下げた)針を射中《いあ》てまする」

源八郎は、幔幕のうちの面々に一礼すると、五、六歩引き下がってくるりと標的に向き直った。すばやく火薬と六匁玉《もんめだま》をこめて槊杖《かるか》で押し込め、火縄を装着した。

左ひざを立て、右足を投げだして、銃床を頰に当ててかまえた。

銃口《すぐち》のうえについた照星《しょうせい》は、ちいさな三角形である。その上に、二十間むこうの松の枝が見える。

白い絹糸が三本、すんなり長くのびた松の枝から垂れ下がっている。

陰暦四月のまばゆい陽光に、絹糸の先端がきらりと光った。

やわらかな風が左からふいている。

絹糸は、風にのって、すこし右にたわんだ。

左右のまぶたを閉じて、しずかに息をはいた。ながい時間をかけて臍《へそ》のしたの丹田《たんでん》からゆっくり気をはきだすと、頭のなかが真っ白になる。

右のまぶたをひらくと、縫い針がくっきり大きく照準線のさきに見えた。

風のゆれがとまるのを見さだめて、引き金にかけたゆびをゆっくり静かにしぼると、毛抜き金のバネがカチッと作動して、赤く燃える火縄の先端が火皿におちた。

その瞬間、大きな炸裂音がひびき、銃口から真っ赤な閃光《せんこう》と白煙がはしった。

両耳の鼓膜がジンジンしびれる。

火薬と玉をこめ、つづけて三発。すべて手応えがあった。

源八郎の背後から、具足すがたの番衆が一人、松にむかって駆け出し、糸のさきをあらためた。

こちらをむいて手をあげ、大声でさけんだ。

「すべて発中《はっちゅう》（命中）！」

背後でどよめきが起こった。

「これはこれは」

「さすがの腕前」

坊主たちが、驚嘆の声でいいかわしている。

番衆が駆け戻り、鈴木孫市に標的をわたした。孫市は、金色の雲に真っ赤な日輪を描いた扇にそれをのせて膝行《しっこう》し、うやうやしく顕如にさしだした。

顕如は、先端の折れた三本の針を見つめて、おおきくうなずいた。

「これほどの腕前ならば、信長の眉間、あやまたず射抜けましょう。こころづよいかぎりです」

顕如にうながされて、若い僧が、三方《さんぼう》に積み上げた菓子を孫市にさし出した。

——菓子でわいらの命をつかう気かい。

白絹の一反《いったん》でも拝領できるかと期待していた源八郎はがっかりするというより、むしろ腹が立った。法主一同は、もう立ち上がりかけている。

「お上人《しょうにん》様に、申し上げたき儀がございます」

鉄砲を脇に置いた源八郎が、平伏の礼をとったまま言上した。

「これ、分《ぶん》をわきまえい」

孫市が、源八郎の襟首《えりくび》をつかみに走った。そのままひきずってでも法主の御前から追い払うつもりらしい。法主に対して、鉄砲衆ふぜいが、ものなど言ってよいものではない。

「孫市殿、つづけさせてください。うかがいましょう」

顕如がおだやかな声で、孫市を制した。孫市は、歯がみをしながらその場に平伏した。

「お許しを得て申し上げます。ただいまご覧いただきました下針のごとき技《わざ》は、ただの見世物でござって、合戦ではなんの役にも立ちもうさぬものにございます。信長めの眉間や心《しん》の臓《ぞう》を射抜くのに、針一本の正確さは必要ございません」

顕如はなんの表情もうかべずにきいている。

「信長めを仕留めるのに、なによりも必要なものは、覚悟にございます。腹をすえて敵陣深く潜入し、信長に三十間、いや、五十間の距離まで接近することがかないましたら、この源八郎、あやまたず、信長の眉間を射抜いてお目にかけましょう」

「そう願いたいものです」

「されば、わたくしに、その覚悟をお与えいただきとう存じまする」

「覚悟を……」

顕如が首をかしげた。この男、得度《とくど》でもして出家したいのかと思ったかもしれない。

「覚悟とは、銭にございます。わたくしがみごと信長を撃ちはたしましたなら、褒美《ほうび》として、永楽銭《えいらくせん》一万貫を頂戴《ちょうだい》しとうございます。この石山御坊をうしなうことを思えば、一万貫の永楽銭など、なにほどにございましょう。それだけの恩賞がいただけるとなれば、わたくしの腹も覚悟がすっくりすわって、塩梅《あんばい》よう信長を射とめることがかないましょう」

「ふん、さようなことか」

顕如は、眉間にしわをきざんで扇をパチンと鳴らした。

「そのほう、門徒であろうに」

「御意《ぎょい》」

「ならば、宗門のために、この御坊を護りたいとの一念はないか。護法のために身を捨てる覚悟はないのか」

源八郎は、あぐらを組んで、まじまじと顕如を見すえた。

「ちょけた（ふざけた）こと言うちゃるなや」

「これ、ひかえんか」

孫市が血相をかえた。

「よい、好きにさせよ。しかし、いまの言いぐさ、聞き捨てならぬ。愛山《あいざん》護法の心ばせであつまってくれた門徒たちを、そのほうは虚仮《こけ》にするか」

「ふん、なにが愛山護法じゃ」

顕如が、むっとして黙りこんだ。若い僧侶が身を乗り出してなにか言おうとしたが、顕如が扇子でそれを制した。

「そうやないか。ぬしら本山は、寺内町から地子銭《じしせん》を取るだけやない。その銭を門徒ばかりか、大名にまで貸して利息を取り、がいたらくな（あらあらしい）蓄財をしてきた。門徒が守ってるのは、阿弥陀《あみだ》堂でも如来大悲《にょらいだいひ》の恩徳でもあるものか。あんたらが土蔵に積み上げた銭やないか」

すかさず孫市が立ち上がって、源八郎を足蹴《あしげ》にした。

「とつけもない（とんでもない）ことぬかしやがって。あほんだらの罰あたりが」

源八郎はあらがわなかった。身を丸くして足を抱きかかえ、じっと蹴られるままになっていた。法主も側近たちも、顔をしかめてながめるだけで、とめようとはしなかった。

「それぐらいにしてください」

やっと顕如が口をひらいたとき、源八郎は顔や二の腕のあちこちから血をながしていたが、あぐらをかいてすわると笑顔で顕如を見つめた。血に汚れた顔には、異様な凄みがあった。

「お上人様、どうよ、わいに覚悟の永楽銭をくださる気になっちゃらんか。いただけるなら、そらもう、みごとに気持ちよう、信長のここを」

と、眉間をさして、

「仕留めてみせちゃるが」

顕如は、右手の閉じた扇で、左手の掌をかるく何度かたたいた。

「ご苦労さまでした。合戦のことよろしくお願いいたします」

それだけいうと、立ち上がり、ふり返りもせず、衣《きぬ》ずれの音だけのこして立ち去った。

三

顕如への腕前披露のあと、源八郎は孫市の折檻《せっかん》をかわして逃げだし、遊び女の家で濁り酒を呑《の》みはじめた。杯をかさねるうち西の空が藍《あい》色にくれなずみ、宵《よい》の明星《みょうじょう》がかがやいた。

「下針《さげばり》殿」

源八郎の座敷の襖《ふすま》のかげで、家の主人吉右衛門《きちえもん》の声がした。

「どうした」

襖が開くと、吉右衛門がにこにこ笑っていた。小太りな男で、いかにも艶福がありそうだ。

「さきほど孫市殿の触れがでたそうですよ」

「なんと言うちゃある？」

「信長の命に銭三百貫」

源八郎の眼が一瞬大きくひらいたが、すぐにおもしろくもなさそうに杯を呷《あお》った。

「しわい野郎だ」

「しかし、三百貫でも大金ですな」

「ふん」

たしかに三百貫の銭は大金だ。一貫は銭千枚だから、三百貫といえば銭三十万枚である。そんな大金など、源八郎は手にしたことはおろか、見たこともない。

「どないするん？」

綺羅《きら》がたずねた。

「撃ちに行くの、それとも行かへんの？」

それを、いま源八郎はかんがえている。

「ちょっと黙っとけ」

綺羅は顔をしかめ、源八郎にむけて舌を突き出した。

「腹のすわらん男。うじうじした男、大嫌いや」

立ち上がると、綺羅は窓縁にすわった。手すりに肱《ひじ》をついて、暗くなった大和川をながめている。

「そう言うな。こっちは命がけやぞ」

狙撃に失敗すれば、源八郎は、まちがいなく信長の手勢に殺されるだろう。成功したところで、うまく逃げ帰れる確率はきわめてひくい。

なにしろ、信長のまわりは、いつも選りすぐりの馬廻衆《うままわりしゅう》が百人ばかりとりかこんでいて、まるで隙などない。五十間しかない鉄砲の有効射程内に接近するのが、なによりも一苦労なのだ。一万貫ならともかく、三百貫に命が賭けられるか……。

「やったらええのに」

「えっ、そう思うか？」

「あんたが三百貫かついできたら、あんたのこと、ものすごう好きになるかもしれんよ」

源八郎はごくりと唾《つば》をのんだ。

「春兆より、わいのことを大事に思うてくれるか」

万字屋春兆が、あれこれめずらしい品を持ちこんで、しきりに綺羅の気をひこうとしているのが、源八郎のなによりの気がかりだった。

去年の十一月に石山にやってきてから半年、小博奕の銭や借金をかきあつめてはかよいつめ、このごろようやく一人前の客として認めてもらえるようになった。ここらでもうひとふんばりすれば、綺羅の気持ちが傾くかもしれない。

腕前披露の場で、顕如に「一万貫」と吹っかけたのは、まんざら根拠のない数字でもなかった。八年前の永禄《えいろく》十一年（一五六八）、信長が堺《さかい》の町衆に二万貫の矢銭《やせん》を課したさい、本願寺には銭五千貫を課した。堺のように四の五の言わず、顕如はそれをすっくり差し出した。

――まだ、三万貫や四万貫の銭は残っている。

というのが、源八郎の推量である。一万貫でこの巨大な本願寺が守れるなら安いものだ。

この当時の天正《てんしょう》時代、銭一貫文で米が二石買えた。一万貫なら二万石。三百貫なら六百石だが、それでも、しばらくは豪遊ができる。鉄砲衆などやめて、それを元手に綺羅と一緒に金貸しをはじめてもよい。本当に狙撃に成功すれば、銭はどこからでも引き出せるだろう。一万貫ぐらいなら、褒賞《ほうしょう》にもぎ取れないこともあるまい。

それにしても、本願寺がせっせと積み上げた寺内町の地子銭や利息を万字屋春兆がいとも簡単に商売で吸い上げ、その銭で綺羅を思いのままにしているのは腹立たしいかぎりだ。

「やる」

源八郎は腹を決めた。

「わいは信長を撃っちゃる。みごと果たしたら、綺羅はわいだけの女になってくれるか」

「あほらし。たかだか三百貫くらいで、大仰《おおぎょう》なことを」

「ならんというのか」

「そんなもん、お銭様《ぜぜ》の顔を拝んでみんとわからへん」

ぶっきらぼうな言葉をはいたくせに、綺羅は笑顔だった。源八郎は綺羅の笑顔に機嫌をよくして、かわらけの杯をぐっと呷った。

源八郎は五尺五寸（約一六七センチ）と中背で、大兵ではないが、紀伊《きい》水道の船漕ぎで鍛えた筋肉がついている。顔も、男前といってよい。筋のとおった鼻。しまった顎《あご》。眼はいつも強すぎるぐらいに光っている。洒落者《しゃれもの》でもある。綺羅への誠意もある。そんな源八郎を、綺羅はこのごろ憎からず思ってくれているようだ。

翌朝早く、鉄砲衆の番小屋にもどると、孫市が待ちかまえていた。

「こら、昨日はようもわやくちゃにしやがったな」

「へっ、あれぐらいのことで、なにをぬかしとるのや。そんなに法主様がありがたいか。わいが信長を撃ち果たしたら、孫市は、なんぼもらうのじゃ」

「くそ餓鬼が、ちょっとくらい鉄砲が上手になったとのぼせくさりやがって」

「そのくそ餓鬼が信長を撃てば、雑賀党の名は上がる。織田勢は総くずれとなって、尾張《おわり》に引き上げるわ。孫市とてどさくさのうちにどこぞの一国でも手にできるであろう」

「おう」

と、孫市がうなった。

籠城《ろうじょう》戦の準備に奔走していたので、そこまで頭がまわらなかったが、たしかに信長が銃弾に斃《たお》れれば、織田勢は収拾がつくまい。

信長一人が死ねば、天下の形勢は一転し、本願寺、越後《えちご》の上杉謙信《うえすぎけんしん》、山陰山陽の覇者毛利輝元《てるもと》の連合軍が圧倒的優位に立つ。織田の領地が数十万石の単位で削れるだろう。

「で、銭の話やがな」

「信長を撃ち殺せば、本願寺は蔵の銭が守れる。孫市も莫大な恩賞を手にするやろ」

「なんやと」

「ならばどないする？」

「わいに一万貫の褒美を出しても、罰はあたるまい。法主にそう頼んでくれ」

「けっ、そんなごうつくなことは、みごとに撃ち果たしてからぬかせ。いまは、とっとと物頭としてはたらかんか」

孫市にどやされて、源八郎はしぶしぶ足軽たちの調練をはじめた。

四

織田勢は、この天正四年（一五七六）四月の上旬から摂津や河内《かわち》に出没して、門徒たちが植えた麦を薙《な》ぎ捨てた。「男女を問わず退城すれば、命を助ける」という旨の信長の高札《こうさつ》が随所に立てられている。

すでに小競《こぜ》り合いがあった。

四月十三日の夜には、本願寺の武将下間正秀《しもつままさひで》配下の中ノ島孫太郎《まごたろう》が出撃して、織田兵に打撃をあたえた。

翌十四日、信長は、明智光秀《あけちみつひで》、長岡藤孝《ながおかふじたか》、塙直政《ばんなおまさ》、荒木村重《あらきむらしげ》、筒井順慶《つついじゅんけい》らに、本格的な攻撃命令を発し、本願寺を包囲させた。

荒木村重は、城北の野田《のだ》に砦を三つ築き、大坂湾から木津《きづ》川を通過する水上補給路を封鎖しようとしている。光秀と佐久間信栄《さくまのぶひで》は、南の天王寺《てんのうじ》に大軍を展開させた。信長軍が四月に築いた本願寺攻城用の砦は、七つだった。

石山本願寺は、巨大な環濠《かんごう》城塞都市である。

百年前、蓮如《れんにょ》が初めてここに坊舎を築いたところは、まだ狐狸《こり》のおおい丘陵地帯だったが、やがて大勢の門徒が住まうようになった。丘陵の中央には、壮麗な阿弥陀堂や御影《ごえい》堂、法主の住居である寝殿、内儀、綱所《こうしょ》、中居《なかい》など、御坊や僧たちの詰所などが建ちならんでいる。

その周囲に、北町、南町、西町、清水町、新屋敷、青屋《あおや》町、造作町など十の寺内町がひろがり、十万坪の土地に一万人の男女が暮らしている。これらの寺内町は、長いあいだ守護不入、徳政令《とくせいれい》除外の別天地で、本願寺を領主とする宗教王国であった。信長にとっては、まさに許すまじき存在である。

それぞれの町には、番屋と矢倉《やぐら》が設けられ、塀と木戸《くぎぬき》で仕切られている。寺内町の周囲には、堅固な土居と幅十間ばかりの濠《ほり》がめぐらされている。

北、東、南は、大和川や平野《ひらの》川などが何重にも天然の濠となり、海にひらけた西は、葭《よし》のしげる河口の沼地で大軍の展開にはむかない。

周辺の要所には、五十一におよぶ端城《はじろ》が構築され、守備兵が配置されている。難攻不落の堅城だといってよい。

現に、六年前の元亀《げんき》元年（一五七〇）夏と昨春の二度、信長は六万人の大軍でこの石山を包囲、攻城したが、さしたる成果をあげることもできずに撤退している。この城塞に立て籠もるかぎり、危うさはまるでない。

鈴木孫市は、昼すぎから顕如の御前でひらかれた軍議に出席している。

「なにとぞのご尽力をたまわりたい」

参じた武将たちに、顕如は頭をさげた。この四月に毛利輝元との連携が成立したので、毛利からは、すでに五千人の部隊が送り込まれている。紀伊からは、雑賀党ばかりでなく、四千人の門徒兵がやってきているし、越後や伊勢《いせ》、山科《やましな》などからも、ひそかに門徒が駆けつけ、その数は一万五千人にたっしている。それぞれ一軍の将たる人物が、御前にあつまっている。

「信長が、京に来ました。このたびは、三度目の攻撃なれば、よほどの覚悟があることでしょう」

四月二十九日、信長は近江《おうみ》安土《あづち》から三千人の兵を連れて出撃し、京の妙覚寺《みょうかくじ》に宿をとった、との情報が、物見からはいっている。

それは、昨日のこと。

信長は、いま、京で、総攻撃の準備をしているのだ。

まちがいなく数日以内に攻撃がはじまるだろう。織田軍の動きを見ていれば、どの武将もそう判断するしかなかった。

おもな戦場は、二カ所に想定される。

本願寺北東の木津口方面と、南の天王寺方面である。

雑賀党は、七百人を天王寺口に置き、三百人は遊撃隊となり、激戦地の援軍に駆けつける。

部隊配置が確認されると、信長の行動予測が話題となった。そのまま京にとどまるかもしれないが、攻城にてこずり、激戦となれば、かならず京から大坂に出馬してくるだろう。

出てくるとすれば、信長は、南の天王寺方面に来るだろうというのが、一致した見方であった。信長軍の主力は天王寺方面に結集する気配なのだ。

「信長は、おそらく出てくるでしょう」

顕如が言った。

「それぞれの守り口はしっかり堅めていただきたいが、それとはべつに小さな部隊に出撃してもらうことはできませんか」

顕如は、信長に奇襲をかける策を提案しているのだった。

信長は、陣所がさだまらない。つねに百騎ばかりの馬廻衆だけを連れて、自分がまっさきに駆け出す。その移動の最中に、こちらの狙撃隊をうまく遭遇させられれば、信長謀殺も夢物語ではない。

「その任、雑賀党鉄砲衆にご下命いただきとうございます」

いの一番に頭をさげて申し出たのは、鈴木孫市だった。

「みどものところからは、二隊さしむけましょう」

「三隊ならば、選《え》りすぐりの兵をあつめましょう」

何人もの武将が申し出て、すぐに狙撃隊の出動方面が決定された。

雑賀の遊撃隊は、信長出現がもっとも濃厚な、天王寺方面への出撃となった。

千人の雑賀党鉄砲衆には、阿弥陀堂と柵をへだてた北町に二十棟以上の番屋があてがわれていた。

番屋でいちばん大きな広間に、二十人の物頭があつまった。

軍議であった。

「信長狙撃に四組出てもらうことになった」

孫市が言った。

「おう」と、すぐさま立ち上がったのは、鈴木源八郎だった。

「わいが行くわい」

「ええやろ」

孫市はうなずいた。鉄砲の腕と、足軽たちの敏捷さで、源八郎の組は文句なしに雑賀党一番だった。この男をはずす理由はない。

「ほかには」

ほかに四人の物頭が名のりをあげ、孫市はそのなかからのこり三組をえらんだ。

「よう聞け。信長はどこにおるかわからん。なにより物見が肝心じゃ」

「わかっておる」

源八郎が言った。

孫市は、凄みのある眼で源八郎を威圧した。

「ぬしらのことじゃ、信長が目の前を馬で駆けていれば、撃ちもらす懸念はあるまい。各組とも、十名を物見としてはなて。信長の馬廻衆があらわれたら、いそいでそれぞれ物頭に報《しら》せにはしらせよ」

「承知!」

源八郎が鋭くさけんだ。

「源八郎」

孫市がめずらしく本名で呼んだ。その声のきびしさに源八郎は心臓をつかまれたように驚いた。

「おまえはよい鉄砲放ちだが、目端のききすぎるのが気にくわん」

「なら、どうするというのじゃ」

「どうもせん。おまえのためにぐつわりいと言うておる」

源八郎は意外だった。孫市からそんな言葉をかけられたのは初めての気がする。

「言うておく」

「へっ」

「死にいそぐな」

なんと答えてよいかわからず、源八郎はしばらくのあいだ、黙ったまま床の檜板《ひのきいた》を見つめていた。

「どや、わしだけの女になる気はないか？」

北町船着き場にちかい吉右衛門の店に、今夜は一人しか客がない。

武器商人の万字屋春兆だった。

春兆は窓をあけて、ゆったりと酒を呑んでいる。二献、三献と小気味よく杯を干《ほ》した。

堅太りの体格のよい男で、肉はひきしまっている。

異様なほど精力がつよい。綺羅《きら》が初めて抱かれた夜、春兆は十一回も胤《たね》をはなった。綺羅は明け方にはぐったりしていたが、春兆はいたって元気で、朝飯をたっぷり食べて仕事に行った。それ以来、月に四、五回くるが、くればかならず朝までに五度か六度は抱く。よほど綺羅が気に入っているらしい。三十代後半の男盛りだった。

才覚のはたらく男で、商売は手広く、堺と京のほか、播磨西宮《はりまにしのみや》にも屋敷と店がある。手代や下働きの男たちは、あわせてざっと五十人——それは、春兆から綺羅が聞かされた話だが、まんざら嘘でもなさそうだった。この家の主《あるじ》の吉右衛門も、万字屋春兆の才覚には一目おいていた。

「いくさがはじまるのや」

春兆が杯を突き出しながら言った。

「わしは一時、堺の店にのがれていようかと思うておる」

「こんどの合戦では、この石山は落城するのやろか」

綺羅は、すこし心配になった。

春兆は、首を横にふった。

「この石山御坊はやぶれん。それは安心して大丈夫や」

綺羅はほっとした。

「ただし、合戦ははげしい。なにしろ信長も三度目や。こんどは、捨て身で来よる。あなどったら危ない。いままでのように、百や二百の首では、満足しよるまい。あたらしい仏が何千人かできる」

そうだろうと、綺羅も思った。

「いまなら、まだ安全に舟で逃げられる。わしは、明日の夕闇にまぎれて逃げるつもりや。明日はまだ二日。合戦がはじまるのは、三日の朝からや、まちがいない」

春兆が、また杯を突き出した。どこかから確実な情報をえているらしかった。綺羅は、金梨子地《きんなし》の酒器から酒をそそいだ。

「わしと逃げんか」

春兆が、まじまじと綺羅の瞳を見つめた。

「吉右衛門は問題ない。おまえはもうたっぷりあいつをもうけさせた。わしからぎょうさん礼金をわたす。おまえは、身ひとつでついてきたら、贅沢《ぜいたく》させてやる。わしは、おまえに惚れとるのや」

綺羅は、わるい気はしなかった。春兆はたよりになる男にちがいない。

ただ、生まれそだったこの石山の寺内町が戦火に焼かれる心配がないのなら、出ていく気はしなかった。この家も居心地がよい。

綺羅は、いろんな男と寝るのがきらいではなかった。

男たちは、みんな綺羅にやさしい。何人もの男たちが、綺羅のからだをたいせつな宝のように愛撫してくれる。

この生活を捨てて、一人の男にやしなわれる身となるのは、すこしわずらわしい。

「じつは、わしには、おまえとはべつにもう一人思い女があってな」

綺羅は、冷水をあびせられた気がした。自分は、春兆からいちばん愛され、大事にされていると思っていた。

それなのに、この男は、べつの女の話をしている。

「その女がな、女は自分だけにしてほしいというのや。それで困っている」

綺羅は、腹が立った。この春兆は、いつだって床のなかで、「おまえがこの世でいちばんええおなごや」とささやきながら、綺羅のからだを撫《な》でまわすのだ。

「あほらし」

「ん？　なにがや」

「そうかて……」

「わしは、おまえがうんと言うてくれるなら、いっしょに住みたいと思うている。不自由はさせん」

「その、もう一人のお方は、どないあそばしますの」

「それやがな」

春兆の目尻がすこしにやけてさがったのを、綺羅は見のがさなかった。

「あいつも悪い女やない」

「そやから……？」

「どないや、わしは、おまえさえうんと言うてくれたら、二人とも連れて行きたい。二人とも連れて行って、たっぷり贅沢させてやる」

「そのお方は、自分一人だけにしろと、言わはるのやろ」

「そうや」

「それなら、うちも、うち一人だけ連れて行ってもらうんでなかったら、うんとは言えしません」

「そうか」

綺羅の眼を見つめてから、春兆は、杯に視線を落として、

「女というもんは……」

と、つぶやいた。

五

源八郎は、一晩中まんじりともせず、綺羅《きら》のとなりの座敷ですわっていた。

朝、春兆が帰っていく背中を、じりじり灼《や》けつく妬心《としん》で見送ってから、綺羅の座敷の襖《ふすま》をあけた。

「あらっ」

「ゆうべは、春兆やったな」

「そうや。それがどないしたの」

綺羅は、小袖の襟《えり》をあわせて、わざと突っ慳貪《けんどん》な口調になった。

「ふん、こんどは天竺《てんじく》渡来の白檀《びゃくだん》でも持ってきたか」

「また憎まれ口を」

「わいはとなりの部屋で一晩中、おまえの床のさえずりを聴いちょった。どれだけせつなかったか、思うちゃれ」

綺羅は、まんざらでもない。男に恋いこがれられるのは愉《たの》しい気分だ。

「わいは、今晩出撃する。信長の命が取れたら、その褒美は、ぜんぶおまえにやる」

「頑張ってきて……」

「「おまえ、待っていてくれるか？」

「えっ……」

「どこにも逃げ出さずに、わいの帰りを待っていてくれるか」

寺内町は、ふだんよりずっと人が少なくなっている。男たちは、土居に張り付いて警備している。逃げた者も多いだろう。

「待っていてくれるなら、わいはかならず褒美を持って帰ってくる」

綺羅は、こくりとうなずいた。つい、うなずいてしまったのである。

「ええか、ちゃんと待っておけよ」

源八郎が、懐からなにかを取りだした。

「もしもな、万にひとつ、わいが死んだらこの包みをあけてくれ」

綺羅の白い掌にのせたのは、ずしりと持ち重りのする鹿革の袋だった。重さと手触りの感触は、小粒の金か銀か。

「おまえにやる」

綺羅は黙っていた。

源八郎が綺羅に抱きついた。頬ずりをして、口を吸った。

「わいには、おまえだけや。おまえがおらんかったら、生きている甲斐《かい》がない」

「ほんま？」

「嘘を言うものか」

「なら、帰ってきてくれる？」

「ああ、褒美を手にしてかならず戻ってくる」

綺羅は、韓紅花《からくれない》の小袖を、乱暴にむしり取られた。欲情しているのが、自分でもよくわかった。乱暴に乳を吸われるのが、嬉しかった。

源八郎が、綺羅にのしかかった。

あらあらしく抱かれて、綺羅は失神しかけた。

源八郎は何度も精をはなち、昼になってようやく帰った。

「必ずまた来る」

と、出ていく背中が、言いようもなくさびしげだった。

綺羅は二階の座敷の窓から、源八郎が帰る後ろ姿をながめていた。

源八郎の歩くむこうに、大和川がゆったりながれて、青空がひろがっている。

「あの下針《さげばり》、大丈夫か」

いつのまにはいってきたのか、吉右衛門が背中からたずねた。

「さあ……」

綺羅はちいさく首をふった。

「そんなこと、わからへん」

つぶやいたら、とたんに涙が溢《あふ》れてとまらないほどながれた。


戦端は、五月三日に開かれた。

まだ夜が明けやらぬ寅《とら》の刻（午前四時）、石山本願寺の北東にある木津口方面に雲《うん》霞《か》のごとき軍勢が攻め寄せてきた。

先鋒は、根来《ねごろ》衆、和泉《いずみ》衆を率いた三好康長《みよしやすなが》。二段の備《そなえ》が大和衆、山城《やましろ》衆を率いた塙《ばん》直政だった。

本願寺方は、一万の主力をこの方面に緊急配置。総数五千挺《ちょう》の鉄砲で土居や矢倉から徹底的な銃撃をくわえ、濠《ほり》に寄せつけなかった。本願寺の鉄砲は、織田軍よりはるかに多かった。

寄せ手は、総崩れとなった。

勢いづいた本願寺方は、門をひらいて出撃。塙直政をはじめとして、いくつもの兜首《かぶとくび》をあげた。

本願寺方はさらに勢いにのって、南にある四天王寺を焼き、光秀や佐久間信栄、江州《ごうしゅう》衆らの立て籠もる砦を包囲攻撃した。

苦戦の報をうけた信長は、五日辰《たつ》の刻（午前八時）、京の妙覚寺を発し、馬廻衆の先頭をきって駆け、午《うま》の刻（午前十二時）に河内若江《わかえ》城に着陣した。

「勝負は、明日の朝や」

源八郎は、五十人の足軽を前にして、低く言った。

「信長はかならず城から出てくる。なんとしても見つけだし、撃ち殺してくれる」

足軽たちは、表情をかえない。戦場をなんどもくぐり抜けた男たちだ。

「信長はおそらく天王寺にむかうであろう。今夜のうちに若江城にできるだけちかづいてひそんでおく」

石山の周囲は、葭《よし》や草のしげみが多く、狙撃兵が身をひそめる場所にはこまらない。

源八郎の隊五十人は、夜陰にまぎれてしめやかに出撃した。

生駒《いこま》山麓にちかい若江城から天王寺へは、河内平野をまっすぐに突っ切る道が最短距離で、迂回路はかんがえにくい。騎乗した信長は、その道を一直線に突っ走るだろう。

源八郎の一隊は、本願寺を出ると、闇のなかをそのまま南下して、若江城と天王寺をむすぶ街道にたどりついた。あたりの小川のほとりに身をひそませた。

東の空がすこしだけ白んだころ、源八郎は若江城方面に、二人一組の足軽を五組、物見に出発させた。

「撃つなよ。わいに報せるのが役目じゃからな、そう心得て行っちゃれ」

物見を出すと、源八郎は一隊に糒《ほしいい》を食べさせた。

鉄砲足軽は、打飼《うちがい》袋に、糒を入れて一食分ずつ玉のようにしばり、肩からかけている。源八郎は、糒を水でもどしもせず、ばりばりとそのまま歯で嚙《か》みくだいた。

五月はじめの河内の野は、草や木々の新芽が猛々《たけだけ》しく生い茂り、生命力がみなぎっていた。

鉄砲をひざに抱いて、よく晴れた朝の空を見上げると、源八郎は細く深く深呼吸して臍下丹田《せいかたんでん》に気を宿した。

小川の窪《くぼ》みに身をひそめた四十人の男たちは、物音もたてずにじっとうずくまっていた。時間のたつのが、だれにもおそく感じられた。

野には、風がそよぎ、ひばりや鴫《しぎ》が鳴いていた。合戦があるとは思えないのどかさだ。

最初の物見がもどってきたのは、太陽が南にたかくあがった午《うま》の下刻（午後一時）ころだった。

「母衣《ほろ》武者（伝令将校）の一隊が十騎、若江城からこちらにむかってきます」

源八郎は、黙ってうなずいた。

鉄砲を手に、小川の窪みからからだをすこし乗り出して、草に腹這《ば》いになった。

草の隙間から、街道が見える。距離は約二十五間。必中必殺の距離だ。

しばらくして、左手の遠くから馬蹄の響きがきこえた。

源八郎は、草のかげで、ひざ撃ちの姿勢をとった。

鉄砲をかまえてじっと目当ての先に眼をこらした。

騎馬の母衣武者が見えた。先頭の武者が永楽通宝《えいらくつうほう》の旗を背負っている。織田の家紋五つ木瓜《もっこう》の旗を背負っている者もいる。まちがいなく、信長の馬廻衆だ。

源八郎は、眼を大きく見開いた。

騎馬武者の甲冑《かっちゅう》が見える。信長は、京から葦毛《あしげ》の馬に深緑《ふかきみどり》の甲冑でやってきたという。馬は替えたにしても、甲冑は同じだろう。

源八郎には、十騎の武者の一人ひとりがよく見えた。

いずれも背中の布におおきく風をはらませた母衣武者で、信長らしい人物はいなかった。

「あとは続いているのか」

源八郎は、組頭にひくい声でたずねた。

組頭は、首を横にふった。源八郎は窪みにもどって鉄砲を抱えた。

「待つしかなかろ」

それから一刻《いっとき》(約二時間)くらいして、足軽が三百人ばかり、天王寺方面から若江城方面に走っていった。しばらくのち、おくれてもう一隊百人ほどが通過した。

その日は、それだけで、けっきょく信長はあらわれなかった。陽がしずんでから、十人の物見は、全員無事に帰ってきた。源八郎の部隊は、その窪みにうずくまって夜を過ごすことにした。

六

六日の夜、万字屋春兆が、ひょっこり顔を見せた。

客もいないので、綺羅《きら》は、宵からうたた寝をしていた。

気がついたら、春兆があぐらをかいてすわっていた。

「酒をもらおう」

綺羅が、柱の前に垂れた朱房《しゅふさ》の紐《ひも》をひくと、しばらくして、少女が酒肴《しゅこう》をはこんできた。

「逃げはったんとちがうんですか」

春兆は、機嫌がよかった。

「ああ、逃げた。そやけど、今日はいくさが休みやよって、ようすを見に来たのじゃ」

綺羅はずっと自分の座敷にいた。きのうは、遠くで鉄砲の音が鳴りやまなかった。風にのって、兵士たちの雄叫《おたけ》びや鬨《とき》の声がきこえた。

今日は、風の音しかきこえなかった。なんどか銃声らしい音もきこえたが、散発的で、長くはつづかなかった。

「どや、かんがえなおす気にはならんか」

はこばれてきた酒を一献のみ干すと、春兆は綺羅を見すえた。

「そやかて、もうひとりのおなごはんがおいでなんでしょ」

「いや」

春兆は、はっきりと首をふった。

「あいつとは手を切る。おまえに決めた。やっぱり、おまえがこの世でいちばんええおなごや」

綺羅はまんぞくした。そうにきまっている。

「だから、わしといっしょに来い。連れて行く女はおまえひとりや」

春兆は、綺羅の口を吸った。吸われて、綺羅はうれしかった。

「これから舟に乗る。大和川を下って、堺に帰るのや。いっしょに行こう。吉右衛門には、もう話がついている」

綺羅は、迷った。このまま春兆についていけば、安楽な暮らしが待ちうけているだろう。

春兆は、悪い男ではない。銭はある。

ただ、ちょっと退屈なだけだ。綺羅は、いま、自分が源八郎に淡い恋心をいだいていることを初めて自覚した。

「明日の合戦はおおごとや。天王寺のほうで、何千人もの人死にがでる」

「ここは？」

「ここは大丈夫や。それぐらいはもちこたえる」

「合戦はいつまでつづくの？」

「さぁな、しだいによりけりやが、こんどは、まずふた月か」

「どうなるの、本願寺は？」

「危のうなったら、京の帝《みかど》から調停がはいる。ここの御坊が無惨に焼かれることはない。信長がほしいのは、この石山の土地や。あいつは、ここに自分の城を築くつもりでおる。御坊の材木を無駄に焼くことはせん。坊主にも門徒にも興味はない。逃げて出ていったらそれで終わりや。ただしな……」

春兆が、綺羅の肩を抱き寄せた。

「合戦は水ものや。その場のいきおいで、どう転がらんともかぎらん。兵隊が勝手に、御坊と寺内町を焼き払わんとは、断言できん。そやから、堺に連れて行くというているのや」

「おおきに、ありがとう」

綺羅は、春兆の気持ちがうれしかった。この男は、綺羅の身を案じてくれているのだ。

「ならば、すぐに行こう」

春兆が立ち上がった。

「ほれ、したくをせい」

綺羅は立ち上がらなかった。なぜなのか、自分でも、よくわからない。源八郎への淡い気がかりが引き留めているらしい。

「どないした。舟が待っているのや。わしは、おまえを連れに来たのやぞ」

「ありがとう……。でも、ごめんなさい」

「来ぬ、というのか」

綺羅は、ちいさくうなずいた。

「そうか。だれぞ、想うている男があるのやな」

「そんなことあらへんけど」

「わかった。この春兆がわざわざ迎えに来て、まさか袖《そで》にされるとは思わなんだ」

春兆が、憮然とした。

「わしは行く」

廊下に飛びだした春兆が、階下で吉右衛門と二言、三言しゃべってから、すぐに玄関を出ていった。

春兆は振り返りもせず、岸に待たせていた舟に乗り込んだ。闇に漕ぎだした舟の灯《あか》りは、すぐに見えなくなった。


五月七日の未明。源八郎の部隊は、昨夜から同じ場所に身をひそめている。まだ暗いうちに物見をはなっておいた。

夜が明けて、あたりがすっかり明るくなったころ、物見が息をきらせて帰ってきた。

「若江城より、大軍が、大軍がまいります」

「あわてるな。人数は？」

「五百騎までは見とどけましたが、まだ続々とつづくようす。おそらく全軍の出陣かと思われます」

物見がまだ言い終わらないうちに、馬蹄の地響きがきこえた。むこうにもうもうたる土煙があがっている。
疾駆してきたのは、きらびやかな織田の軍勢である。それがざっと千騎
先頭部隊の旗印は、松永久秀《まつながひさひで》、長岡藤孝、佐久間信盛《のぶもり》のものだ。
とおりすぎた。つぎに滝川一益《たきがわかずます》、羽柴秀吉《はしばひでよし》、丹羽長秀《にわながひで》、稲葉一鉄《いなばいってつ》らの旗印を掲げた二
段備《ぞなえ》が、延々と通過した。
「信長がまいる！」
背後で、物見が報告した。声がこわばっている。
「わいが撃ったら、それを合図に全員撃て」
草むらに腹這い、源八郎は鉄砲をかまえた。前方の街道に全神経を集中させた。
つぎの騎馬武者の集団がやってきた。
永楽通宝の旗印だ。まちがいない。源八郎は、信長をさがした。来た。深緑の甲冑
だ。近づいてくる。兜《かぶと》の前立に木瓜《もっこう》がついている。まだだ。引き寄せる。面頬《めんぼお》の下の
喉《のど》に狙いをつけた。
源八郎の鼓動は高鳴っていたが、細く息を吐くと、照星の三角の先に、信長の喉が
はっきり見えた。よし。中《あ》たる。
引き金を引こうとしたその刹那《せつな》、

――一万貫はおれのものだ。

と聞こえた。

鉄砲衆のだれかがつぶやいたのか、風の空耳だったのか。気持ちがそれた。

銃口《すぐち》がぶれた。すぐにまた照準をあわせ、喉をとらえた。

引き金をしぼったとき、いやな感じがした。飛びだしていく玉すじのそれるのが、はっきり見えた。

六匁の鉛玉は信長の右臑《すね》の肉を削り、わずかな擦過傷をあたえ、馬の腹にめりこんだ。

信長は、もんどりうって馬とともに転倒した。

鉄砲衆がいっせいに射撃した。

馬廻衆が何人も倒れたが、信長は倒れた馬のむこうで見えない。

源八郎は、すかさず二発目の火薬と鉛玉をこめ、こんどは立ってかまえたが、信長の周囲には、すでに馬廻衆が二十人ばかり集まって、隙間のない人の楯をつくってしまった。

「伏兵ぞ。蹴散らせ」

馬廻衆が、こちらに駆けてきた。

「ちッ、逃げや！」

源八郎は叫ぶと、うしろも見ずに駆け出した。

「あそこだ！　撃て」

馬廻衆のさけびがきこえた。鉄砲の音。

——ふん、馬上鉄砲が中《あ》たるものか。

そう笑った瞬間、背中と首に熱い激痛がはしった。次の三発は、太股《ふともも》と腰だった。

源八郎は、草原にあおむけに倒れた。五月の空がやけにまばゆく青かった。

失血とともに薄れていく意識のなかで、源八郎は綺羅を思った。

——ええ女やった。あいつはわいに惚れちょったわい。待ってると言いおったものな。

ふしぎなほど満たされた気分のなかで、青空が暗闇にかわり、意識が消えうせた。

この日の合戦はことのほか熾烈《しれつ》で、織田軍は夕刻までに、本願寺方の首級《しるし》を二千七百もあげた。

源八郎が死んだとの報《しら》せは、つぎの日に、配下の組頭が綺羅につたえにきた。

表の通りをやってきた組頭の悄然《しょうぜん》とした姿を見ただけで、綺羅は不吉な報せだと感じた。

「万が一のときは、あんたにつたえるように言われていた」

それだけ言うと、組頭は背中をむけて帰った。

組頭が帰ると、綺羅はぽつんと、この世にひとり取り残された気がした。みんなが自分に背中をむけている気がした。

思うのは、源八郎のことだった。

——大勢の客のひとりやないか。あんなぐらいの男は、いくらでもいてる。

と思う反面、

——あいつが一番わたしをいとおしんでくれたかもしれん。

との思いがある。

——春兆についてったほうが、よかったんかな……。

との後悔もあった。

綺羅は、手箱から源八郎がくれた革袋を取りだした。掌にずしりと重い。小粒の金《きん》を残してくれたのかと思った。

紐《ひも》を解くと、なかには百本ばかり、赤茶けた錆《さび》のういた鉄の縫い針がはいっていた。源八郎が射撃の練習につかったのだろう、どの針も先が折れている。

「あほらし……。折れた針なんか、役に立つかいな。やっぱりしょうもない男や」

綺羅は、革袋の口をしばると、窓から川になげ捨てようとした。

「もっとええ男、出てこい」

腕を大きくうしろにふりかぶったところで、思いなおした。川のうえにひろがる青空がみょうにさびしさをさそった。源八郎も、この青空を見上げながら死んだ気がした。

「帰ってくるて言うてたのに……」

綺羅は、革袋を胸に抱きしめた。

こみあげてくるなにかで熱く火照《ほて》った綺羅の頰に、大和川の水面をわたってくる風が冷たかった。綺羅はせつなさにこころとからだがふるえ、思わず自分で自分を抱きしめた。

ふたつ玉

一

「なあ、死ぬときいうのは、どないな気持ちなのやろう」

閨《ねや》でのひめごとのあとで、菖蒲《あやめ》がそうつぶやいたとき、善住坊《ぜんじゅうぼう》はわれ知らず首のあたりを撫《な》でさすっていた。

「そりゃなあ、戦《いくさ》で殺されるとなれば、さぞや痛かろう」

二年前、織田信長が足利義昭《あしかがよしあき》を奉《ほう》じて京に入ってからというもの、近江《おうみ》ではしばしば戦が起こっている。近江武士同士の小競《こぜ》り合いも多い。信長の進撃路となった中山《なかせん》道《どう》筋では、兵士や農民の死体はめずらしくなかったし、今日も合戦の話を聞いたばかりだった。

「どれくらい痛いんやろか。その痛さを思うただけで、気が遠くなってしまいそうや」

「さあてな」

「よう夢を見るんや。京で見た晒《さら》し首の夢をな」

都の白拍子《しらびょうし》だった菖蒲は、幼いころから三条《さんじょう》や六条《ろくじょう》の河原で、なんども首を見ている。

「首はみな、苦しげであったもの。痛そうに眼も口も歪《ゆが》んでいたもの。恨《うら》みがにじんでいたもの」

「そうであろうな」

善住坊の脳裏《のうり》に、自分が殺した男たちの断末魔の苦悶《くもん》の顔が浮かんだ。おぞましい記憶を消すために、彼は菖蒲《あやめ》の美しい顔を見つめた。

「夢に出てくる首はまた違う顔をしてる」

「ほう」

「なんともいえん仏さんの顔や。苦界《くがい》からのがれて、ほっと安心しているような、そんな顔が夢に出てくる。あれはもう成仏《じょうぶつ》しているからやろうか」

「さてな、それは菖蒲が仏のこころをもっているからかもしれぬ」

白拍子は、立烏帽子《たてえぼし》に直垂《ひたたれ》の男装で唄い、舞うばかりではない。求められれば、巫女《みこ》にもなる。そのせいか、あるいは生まれつき憑坐《よりまし》としての資質があるのか、菖蒲はものに感じやすく、すぐに涙をながす。

善住坊は腕枕をしてやると、菖蒲の顔をさらに間近に見つめた。

小さな灯明《あかり》が、菖蒲の端整な顔を照らしている。

見つめていると、いとおしく、心根《こころね》の優しい女とこうやって肌を合わせているいまこのときが、かぎりなく貴重な極楽に思えてくる。菖蒲が本物の観音《かんのん》であるような気がせぬでもない。

「いくら仏のこころがあっても、痛いのは痛いやろう」

「痛くないかもしれぬぞ。こころの持ち方ひとつでな」

菖蒲がじっと善住坊を見つめた。

「痛いのはいややな。痛さと苦しさに責め苛《さいな》まれて死ぬのは、いややものな。おぞましい兵隊になぶられて殺されるくらいなら、わたし、坊さんに殺してほしい。坊さんに殺してもらえるのやったら、気持ちよう往生《おうじょう》できると思う」

菖蒲は善住坊に頬をすり寄せ、口を吸った。

「ああ、坊さんがいとおしいな。こうして抱かれていて、こんなに安心できる人は初めてやもの」

そう言われて、善住坊は身震いするほど満ち足りていた。父と母を戦乱で失った菖蒲にとっても、それは同じはずだった。

「安心せい、万が一のときはわしが楽にしてやるわい。わしが極楽に送ってやるわい」

女がちいさく笑った。

「坊さんは、うそつきやな」

「どうしてだ」

「いつも言うてるではないか、地獄《じごく》も極楽もあらへんのやと。この世もあの世もすべては無《む》であるぞと」

菖蒲の言うとおりだった。

善住坊は臨済禅《りんざいぜん》の僧侶である。ふだんは、色即是空《しきそくぜくう》を唱《とな》えている。

とはいえ、正式に出家した僧ではなく、私度僧《しどそう》であった。

甲賀《こうが》のこの圓通寺《えんつうじ》が空き寺になっていたのを幸いに、勝手に入り込み、頭を丸め、墨染《すみぞ》めの衣《ころも》を着て、坊主顔をしている。村人から頼まれれば経《きょう》くらいはあげるが、解《げ》脱《だつ》の境地とは無縁である。庫裏《くり》に女を住まわせていても、なんのうしろめたさも感じはしない。

「そうだったかな」

そんな哲学的命題は、善住坊にとって、どうでもよかった。

「わしはな、死ぬときのことなど、あまり考えたくないな」

「そうやな、坊さんは、大勢殺してるしな。地獄に堕《お》ちるもんな。気の毒や」

菖蒲は、眉に憂《うれ》いをうかべて、ほんとうに気の毒そうな顔をする。そういうところが、善住坊はたまらなくいとおしい。

たしかに善住坊は、十五歳の初陣《ういじん》から、甲賀武士としていくつもの戦場を走り回った。六角《ろっかく》の殿さまにしたがって、伊勢《いせ》や京に出撃したこともある。

この二年は、ことに何人もの織田兵を狙撃し、殺傷してきた。

それは、甲賀五十三家のひとつ杉谷《すぎたに》家の嫡男《ちゃくなん》として生まれた男の宿命であった。

その宿命に、三十半ばの善住坊はもはや倦《う》みはてていた。

――人を殺すなど、もうごめんこうむりたい。

家を捨てて寺に入ったのには、そんな気持ちもあった。

合戦での手柄など、立てたくもない。

菖蒲という美女を手にいれ、こうしてむつまじく暮らしているのが無上のよろこびである。六角の殿さまであれ、織田の上総介《かずさのすけ》であれ、邪魔などされたくない。

しかし、その美しい菖蒲が、六角の殿さまからのいただきものであるかぎり、殿さまは善住坊をまた戦場に送り出すにきまっていた。

「わしに撃たれた奴は幸せじゃぞ」

せめて、そう思うことで、自分を得心させるしかない。

「どうしてや、どうして坊さんに殺されるのが幸せや」

「わしほどの名人となればな、五十間《けん》（約九〇メートル）離れておっても、鎧《よろい》の上から心《しん》の臓《ぞう》をかならずしとめることができる。しかも、わしのはふたつ玉じゃ、一発はわしが撃つが、もう一発は御仏《みほとけ》が撃つ。苦しまずすんなりと往生できるわい」

思ってもいなかったこじつけが口をついて出た。善住坊がふたつの玉を込めて撃つのは、骨を砕《くだ》くほどの殺傷力があるからだが、一発が御仏の分だと思えば、そんな気もしてくる。

善住坊は、菖蒲の手を取ると、筋肉の盛り上がった自分の二の腕をさわらせた。

「ほれ、これくらいの膂力《りょりょく》がなければ、玉薬《たまぐすり》を強めて、二発いっぺんには撃てんのじゃ。甲賀に鉄砲撃ちは多いが、ふたつ玉を撃つのはわし一人よ」

「六角の殿さまがいうてたもんな、坊さんは顔に似合《にあ》わず、鉄砲の腕前は、近江ではならぶ者がないとな」

菖蒲の細くやわらかな手が、たくましい筋肉を撫でた。

「わたしは坊さんが好きや。どこにもいきとうない。離さずにいてほしい」

善住坊はうれしかった。

「おうよ、離すものか。人はいつか必ず死ぬ。生きているいまのわが身が大切よ。死んでしもうては、こんなこともできんでな」

善住坊は、菖蒲の秘所に手をすべりこませた。

二十歳《はたち》を越えたばかりの菖蒲は、色好みの六角承禎《じょうてい》が眼をつけて側女《そばめ》の一人にくわえただけあって、都の白拍子のなかでも格段にろうたけている。

善住坊の太い指先に、菖蒲のいちばんやわらかい部分がまとわりついた。しなやかなその感触は、善住坊の意識をたおやかに溶解させ、全身の血液を沸騰させる。

「坊さん」

すがる目つきで、菖蒲がささやいた。

「二年前、観音寺《かんのんじ》のお城から落ちて、あんたにもらわれることになったとき、ほんまのことというとな、ちょっと心配やった。なんやら、顔が怖《こわ》そうであったげな」

自分でも気にしている容貌のことを言われるのは不快なのだが、不思議なことに菖蒲がいうと、腹が立たなかった。

「ならば、いまはどうじゃ」

善住坊は、指を繊細に動かした。

鉄砲の引き金を引くときと同じくらい、指先に神経を集中させた。

菖蒲の白く細いからだが、しなやかにあえぎはじめた。

天上の女人のごとくなまめかしい声が、薄い唇からもれたとき、庫裏の表で、無骨な声が響いた。

「善住坊ッ、善住坊ッ。おるのであろう。ちょっと出てこい。六角の殿さまがお呼びじゃ」

聞き慣《な》れた望月《もちづき》屋敷の家人の声である。

「ちっ、こんなときに」

「菖蒲もおるであろう。同道せいとのお言いつけじゃ」

二

甲賀の名流として名高い望月家の屋敷では、篝火《かがりび》が煌々《こうこう》と焚《た》かれ、武装した兵がものものしく警戒に当たっていた。

二年前、信長が近江に侵攻してきたとき、六角承禎は一戦もまじえずに、本拠地の観音寺城から落ちのびて、この望月屋敷に逃げこんだ。

信長が甲賀を攻撃するという噂がながれたので、承禎は家臣とともにさらに逃げ落ち、伊賀《いが》の友田山内《ともださんない》を頼った。

しかし、この元亀《げんき》元年（一五七〇）の夏、信長が越前《えちぜん》の朝倉義景《あさくらよしかげ》を攻撃するにおよんで、承禎はまた甲賀にもどってきた。

北近江の浅井長政《あざいながまさ》と六角承禎の密約が調《ととの》ったのだ。これで、信長を追いつめることができる。

いま、承禎は、信長への雪辱に燃えたぎっている。

「おう、善住坊《ぜんじゆうぼう》、ひさかたぶりじゃな」

善住坊は平伏した。菖蒲《あやめ》もひかえている。

「菖蒲も息災でなによりである。そのほうには、まもなく戦勝祝いにひとさし舞ってもらわねばならぬぞ」

承禎が菖蒲を見つめる眼に、なまぐさい光を読みとり、善住坊はすこし鼻白《はなじろ》んだ。

望月屋敷に居並んだ六角家の武将たちは、みな仰々《ぎようぎよう》しい具足に身をかためている。

本拠観音寺城の落城で、家臣の過半はすでに信長に寝返ったが、それでもまだ承禎には、数千騎の兵力がある。甲賀や湖南《こなん》一帯への影響力も強い。

しかも、六角家は近江源氏佐々木《ささき》氏の本流である。昨日今日成り上がった信長などとは比べものにならない矜持《きようじ》をささえに生きている。

望月家の郎党が、板と銭を運び込んできた。

当主望月吉棟《よしむね》の指図で、数十枚の板が広間一面に広げられた。

一尺（約三〇センチ）四方の杉板には、いずれも五寸（約一五センチ）ほどの五つ木瓜《もっこう》の紋所が焼き印されている。板の厚さは、二寸ばかりであろうか。

承禎は床几《しょうぎ》から立ち上がると、鞭《むち》の先で板を指《さ》しながら、一枚一枚丹念に点検してまわった。

いずれの木瓜紋にも、親指の先ほどのみごとな貫通痕が、ふたつずつある。

承禎はときどき板を裏返すと、貫通痕周囲のささくれをしげしげと眺めた。

「すべて二発とも、この小さな紋所にみごとに命中しておるわ。いやいや、あっぱれな名人かな」

驚嘆のうなりをあげている。

板は、望月屋敷で射術の稽古をする善住坊の標的である。五つ木瓜は、いうまでもなく織田家の家紋だ。

「五十間離れた的《まと》でございます。善住坊はますます腕をあげました。殿さまにいただいたご褒美《ほうび》を取り上げられるのが、よほど心配らしゅうござるな」

望月吉棟のざれごとに、一同が沸いたが、善住坊は気にもならなかった。

射撃の術を磨くことだけが、六角家から善住坊に課せられた仕事であった。その命令にしたがってさえいれば、菖蒲との安楽な生活が約束されていた。いまの暮らしを手放したくなければ、腕をあげるしかなかった。それがいやなら、他の甲賀武士同様承禎にしたがって山野を駆け回るか、あるいは寝返って信長につくか……。

いずれにせよ、菖蒲との安逸な暮らしは望めまい。

「こちらをご覧ください」

望月吉棟が、こんどは永楽銭《えいらくせん》の鐚銭《びたせん》を数十個さしだした。

いずれも二尺ばかりの紐《ひも》がついている。

よく見ると、鐚銭は大きく欠けたり、穴が開いたりしている。

「これもか」

承禎が眼を剝《む》いて感嘆の声をしぼった。

「さようにございます。松の枝にぶら下げて撃っております。距離は三十間で、六匁《もんめ》のひとつ玉でござるが、紐の先の銭などというものは、風に揺れて、容易に狙《ねら》えるものではござらぬ」

承禎は、すべての銭を子細に点検した。

「神韻縹渺《しんいんひょうびょう》の趣《おもむき》とはこのことかな」

「まさしく、この男ほどの域《いき》に達すれば、なにやら八幡大菩薩《はちまんだいぼさつ》のご加護が感じられまするな」

大仰な声で、そう言ったのは、承禎の息子の義治《よしはる》だった。

かしこまってそんなことを言う義治の顔が、善住坊にはおかしかった。

義治はむかしからはなはだ四角四面な男で、融通《ゆうずう》がきかない。信長の軍勢から逃げ回る生活を続けているいまも、その質《たち》はかわらないようだった。

じっと平伏して神妙をよそおいながら、善住坊はこころの奥底で笑いをおさえていた。

――なんの八幡大菩薩かな。すべて菖蒲のおかげであるに。

善住坊は本気でそう思っていたし、それはかなり事実に近かった。菖蒲がいなければ、善住坊はここまで精妙に鉄砲の腕をあげることはできなかっただろう。

「善住坊よ。いよいよおぬしに働いてもらうときがきた。信長を撃ってもらうときがきた」

承禎が、どっしりした声で告げた。

善住坊は、おもわず顔をあげた。

「この日のために腕を磨いてきたおぬしのこと、さぞや待ちこがれていたであろう。みごと果たせば、美濃《みの》、尾張《おわり》、伊勢《いせ》はわが六角のものとなる。功名第一のそのほうに、伊勢一国なりともくれてやるわ」

美濃や尾張が承禎の手に入るとも、また、主《あるじ》が本気でそんなことを言っているとも思わなかったが、国などほしくなかった。ほしいのは菖蒲とふたりだけの安穏《あんのん》な暮らしだった。

「伊勢はいりませぬ。ほかに願いがございます」

善住坊のことばに、承禎ばかりでなく、武将一同が怪訝《けげん》な顔をした。

「伊勢一国がいらぬともうすか。欲のない男よ」

武士のはしくれであれば、ことばの遊戯のうえだけでも、国を望むのがいちばんの大願であるべきだった。所領をわがものにしたいと思えばこそ、命を賭けて勇敢な武者働きができるのだ。それが武士の思考であり、論理であり、行動であるはずだった。

その論理にしたがうのが、城を追われ、流浪《るろう》の身に落ちた国主への、この際の礼儀でもあっただろう。

自分の思考の埒外《らちがい》にいる善住坊に、承禎が不審のまなざしを向けた。

「この男は、幼いころよりいっぷう変わっておりましたれば、われらにも、なにを考えておるのかさっぱり見当がつきかねまする。なにしろ、人間離れした男でしてな」

望月吉棟のとりなし口に一同が大きな笑い声をあげた。

「ふん、さもあろうか」

承禎は、獣か物《もの》の怪《け》でも眺める眼になった。それまでの賞賛の色が消え、たぶんに軽蔑の色が含まれている。

目の前にいる善住坊は、たしかに人間のようではなかった。

僧衣の下の肉体は、六尺に余り、筋骨隆々としているが、そのうえにのった面相は、人間よりもむしろ鯰《なまず》の化け物に似ていた。

顔は扁平《へんぺい》に大きく広がり、濁った眼は両脇に寄っている。鼻は拗《す》ね者のごとく我物顔に蟠踞《ばんきよ》し、分厚く茶色い唇はだらしなく開いている。

そうだと教えられなければ、だれも、こんな奇怪な面相の男が、甲賀一の鉄砲名人であるとは気づかないだろう。

「よいわ、人にはそれぞれ分《ぶん》というものがある。さようさな、善住坊が国持ちになったところで、鯉《こい》や鮒《ふな》が家臣となって参上するわけでもあるまいからな」

承禎のざれごとに、一同はまた大声で笑い、善住坊は唇を噛《か》んだ。

奇怪な面相のおかげで、善住坊は子供のころからさんざん笑い者にされてきた。もはやそれにたいする怒りはなかった。ただ、菖蒲の前で笑いものにされたのが悔しかった。

「望みをなんなりと申してみよ」

承禎は鷹揚《おうよう》であった。

善住坊は脂《あぶら》ぎった額を床にすりつけんばかりに平伏した。

「みごと信長を撃ち果たしましたら、鉄砲を捨てとうございまする」

「なにッ！」

承禎が床几から立ち上がった。

「浅井殿との同盟も結ばれておりますことゆえ、織田の上総介《かずさのすけ》さえ斃《たお》せば、もはや近江をおびやかす者はおりますまい。それがしは、出家として、菖蒲ともども、これまでの戦で斃れた者たちの菩提《ぼだい》を弔《とむら》いたいと心得まする」

淡々とよどみない善住坊のことばが終わると、承禎は一人、声を立てて笑った。

「なにを言い出すかと思えば、そんなことか」

「いけませぬでしょうか」

「よいよい、好きにせい」

笑いもせずに口をはさんだのは、息子の義治だった。

「どうやら、菖蒲によほど惚れぬいて、怖《お》じ気《け》がついたものと思われまするな」

「おなごなどというもの、さほどにありがたいものかな」

承禎が一同を見回した。

「それは、男の面《つら》にもよりましょう。善住坊ほど頼もしい面相となれば、さだめしおなごに慕われたのは初めてではありますまいか」

義治のさげすみと、一同の笑いにさらされながらも、善住坊はじっと耐え忍んで、身じろぎもしなかった。

三

元亀元年夏、信長は、越前の朝倉義景を攻めた。

四月二十日、三万の軍勢を率いて京を出発した信長は、琵琶《びわ》湖西岸の北陸道を北上し、二十五日には、朝倉の武将寺田采女正《てらだうねめのしょう》が守る敦賀《つるが》手筒山《てづつやま》城を陥落させている。

このとき、織田軍があげた首級《しるし》は千三百七十余り。

同日、織田の軍勢は、義景の一族である朝倉景恒《かげつね》が立てこもる金《かね》ケ崎《さき》城を包囲。

景恒は、翌二十六日には、城を明け渡して撤退した。

勢いに乗じた信長は、朝倉義景の本拠地一乗谷《いちじょうだに》を一気に攻撃するべく、軍勢に木《き》ノ目《め》峠を越えさせた。

この動きにほくそえんだのは、六角承禎である。

「信長のあほうめ、わしの描いた絵図のままに動いておるわ」

承禎は、密《ひそ》かに北近江の浅井長政と盟約を結んで、背後から信長を討ち果たす作戦を企図していたのだ。

四月二十八日、背後を浅井の軍勢に襲われた信長は、金ケ崎城に殿軍《しんがり》の秀吉を残し、風をくらって朽木《くつき》を越え、晦日《みそか》には無事、京へ撤退した。

信長は、京で、岐阜《ぎふ》に帰る経路をうかがっている。

織田軍の先発隊として、森可成《もりよしなり》、佐久間信盛《さくまのぶもり》、柴田勝家《しばたかついえ》、中川重政《なかがわしげまさ》が、それぞれ手勢を引き連れて南近江各地の城に入った。

五月六日、六角承禎は、近隣の地侍たちにむけて、かねて打ち合わせておいた蜂起合図の狼煙《のろし》をあげた。

すでに信長に寝返った侍が多いなか、八千の兵力が集まった。

「まずは手始めに、守山《もりやま》の稲葉一鉄《いなばいってつ》親子を攻める。守山をおさえておれば、信長はいつまでも岐阜に帰れず、やがて織田の兵など、ちりぢりに居なくなりおるわい」

六角の軍勢は、高《たか》をくくって守山に攻め入ったが、稲葉親子は合戦の巧者であった。

守山の町の諸口《しょぐち》をしっかりと固めたうえで、雑兵の群れのなかに、剽悍《ひょうかん》な騎馬軍団を十文字に走らせた。

寄せ集めの六角の軍勢は、逃げまどい、さんざんに討ち破られた。

雑兵ら千二百の首級が、京の信長のもとに送られた。

夜になって、望月屋敷にもどった六角承禎は、がっくりと肩を落としてうなだれていた。

「ままならぬものだな」

甲冑《かっちゅう》を脱いだ承禎は、重臣とともに酒を呷《あお》った。

手勢の少ない稲葉親子が、谷の入り組んだこの甲賀に攻め込んでくる心配はまずなかった。もし攻めてきたら、そのときは伊賀に奔《はし》るまでよ、と承禎は達観している。

「しかし、考えようによっては、これで信長を討ち取りやすくなりもうした」

と切り出したのは息子の義治である。

「三万の大軍を京に置いていては、信長の奴、すでに兵糧にも困窮しておるでありましょう。あ奴はすぐにでも岐阜に帰らねば立ち行きませぬ。まもなく信長本人が、じれきって近江に姿をあらわすはず」

そう言って、にやりと笑った。

望月吉棟も同じ意見であった。

「さよう。軍団同士のぶつかりあいでは、なるほど信長に分《ぶ》があるやもしれませぬが、近江を通るとなれば、われらの土地ゆえ、いかようにでも手の打ちようがあるというもの。甲賀武士の面目を施してくれましょうぞ」

「浅井長政殿は、すでに鯰江《なまずえ》の城まで出撃しておいでです。信長は、鈴鹿《すずか》を越えて伊勢に出るしか帰途はありませぬ」

と、義治が説いた。

鯰江城は、愛知《えち》川の氾濫《はんらん》原にある。

浅井の軍勢がここに陣を敷いているとの情報は、むろん信長の間諜が調べあげているはずだった。愛知川を押さえられているなら、関《せき》ケ原《はら》の通行は不可能だ。

承禎が大きくうなずいた。

「やはり関ケ原はあきらめて、鈴鹿を越えるであろうな」

「まず十中八、九まちがいございますまい」

「鈴鹿越えならば、信長はわれらが掌《てのひら》で踊っているのと同じことと」

「ふむ、まことにそのとおりじゃ」

承禎は、自分の未来に光明を見いだした思いがした。

一同が、期《き》せずして、いちばん末座で杯を舐《な》めている鯰に似た僧形の男に視線を移した。

「善住坊《ぜんじゅうぼう》よ」

「はっ」

「いよいよおぬしの出番じゃわ」

承禎は、満面に笑みを浮かべている。もはや、今日の敗戦など問題にもしていない。

「いや、愉快愉快、おぬしの的となった信長の姿、もう眼に浮かぶようじゃ」

「さよう、鈴鹿の山中なら、いくらでも狙撃の場所はある。善住坊のふたつ玉が信長の骨を砕く音まで聞こえてきそうでござる」

望月吉棟が、上機嫌で女たちに酒と肴《さかな》を運ばせた。

「いや、これはめでたい。われらが勝ちはすでに手にしたも同然。そうじゃ、信長は鈴鹿の山で死なねばならぬ」

「無茶をしすぎた報いであるわ」

重臣たちは、口々に信長の不覚を罵《ののし》り、気炎をあげた。

酒がまわり、座がにぎわった。

「たれぞ、曲舞《くせまい》でも舞ってみせぬか。天敵信長への前弔《まえとむら》いじゃ」

重臣の一人が声をあげると、承禎が手を振った。

「いやいや、むくつけき男の舞など見とうはない。女を呼べ。こういう夜は女にかぎるわい」

そのとき善住坊は、全身に悪寒が走るほどいやな予感がした。菖蒲《あやめ》の名があがるのではないかと案じたのだ。

予感は的中した。

「せっかくじゃ、菖蒲も呼べ」

承禎がはばかるような小声で、望月家の家人に命じているのが聞こえた。善住坊は、大事な宝物が手から滑り落ちるような不安に襲われた。

「殿さまッ！」

「なんじゃ」

承禎が大きな眼で、善住坊を睨《にら》んだ。

しかし、たかが舞である。菖蒲を呼ぶなとは言いだしかねた。

「信長の命、それがしがみごとに奪い取ってご覧にいれまする」

あたりさわりのないことを口走った。

「おお、頼もしきかな」

「それよ、その意気よ」

「信長ごとき、なんの懼《おそ》れるべきか」

女たちがやってくると、男どもは歓声で迎えた。

さっそく鼓《つづみ》と笛がかなでられた。

白い直垂《ひたたれ》姿の菖蒲があらわれると、それだけで七色の光彩《こうさい》がさしたかと思えるほどに美しくあでやかだった。純白の直垂の肩や袖口から、緋《ひ》の単衣《ひとえ》がのぞくので、夜の宴《うたげ》でも、きらびやかさはひとしおである。

承禎は、落城のどさくさにまぎれて、善住坊に菖蒲を与えたことを、ちくりと後悔した。

菖蒲は、小さな蝶をいくつも描いた可憐な扇を手に、唄い舞いはじめた。

うたえやうたえ、泡沫《うたかた》の
あわれむかしの恋しさを
いまも遊女の舟遊び

世をわたる一節を
うたいていざや遊ばん

透き通った菖蒲の声は、善住坊の耳に心地よかった。

しかし、それを心地よいと感じたのは善住坊だけではなかった。ちらりと眼を走らせると、承禎もまた、うっとりと聴き惚れているではないか。

舞っている菖蒲は、足を踏み出してくるりと向きを変えるときなど、末座の善住坊だけがわかるように、熱い目線をさっと投げかけた。そのおかげで、善住坊は承禎など気にせず、気持ちよく舞を眺めることができた。

「いや、みごとみごと。菖蒲の舞は観音寺の城以来であるが、手足にいっそう気韻《きいん》があふれておるな」

「ありがとうございます」

「まずは酌などしてくれ」

菖蒲は承禎に酒をついだ。

「しばらく見ぬ間に、そのほうはずいぶんと色を増したな」

菖蒲は笑って答えなかった。

すでに、座の中央では、べつの白拍子がにぎやかな舞をはじめていた。つられて踊る侍もあって、座は笑い声や女たちの嬌声《きょうせい》があふれ、乱れている。

「今宵、伽《とぎ》を命じる。あとで、閨《ねや》にまいれ」

承禎がさりげなく言ってから、粘《ねば》っこい視線を菖蒲にからませた。

菖蒲は眉を曇らせ、視線をはずした。

にこやかだった承禎の表情が一瞬にしてこわばった。

「いやだというのか」

信じかねるといった顔つきで、ゆっくりとたずねた。

菖蒲が硬い顔でうなずいた。

承禎は杯を呷《あお》った。菖蒲は酒をついでやった。

「なぜだ」

菖蒲は承禎を見ずに答えた。

「殿さまはわたしをお捨てになりました」

「ふむ。あのときは致し方がなかった。織田の手勢が麓《ふもと》まで迫っておったのでな」

二年前、織田信長は尾張、美濃、伊勢の三国から、六万の大軍団を率いて、近江を掃討した。

平野にぽつりと独立した観音寺山の城など、大軍に麓を囲まれてしまえば、命ひとつで落ちのびるのさえ容易ではなかった。

「わたしは善住坊どのに救われました」

菖蒲は、白拍子の仲間とともに城内で震えていたところを、善住坊に導かれて逃げのびた。甲賀に帰った善住坊は、ぜひとも菖蒲をもらい受けたいと懇願し、承禎がそれを許したのであった。

ゆっくりと杯を干《ほ》してから、承禎が口を開いた。眼は舞を見ていた。

「あの鯰《なまず》男に惚れたともうすか」

菖蒲はうなずいたが、承禎は気づかなかったように、いっそうなまぐさい息を吐いた。

「まあよい、とにかく今宵はわしの閨にまいれ。あれこれと語り合えば、また気脈も通じ合うというものだ」

「殿さまッ!」

いつのまにか、顔色を失った善住坊が菖蒲の脇で平伏していた。

「なにとぞ、それればかりはお許しを。菖蒲はわたしの宝にございまする」

「わしの宝でもあるわい」

承禎と善住坊が、睨みあった。

どちらも眼をはずさなかった。

——殺してしまうか……。

互いの眼が、そう語っていた。

「それはちと父上がご無体じゃ。いちど人にくれてやったものを取り返そうなど、まるで児戯《じぎ》」

義治の声だった。ほかの重臣たちは、気にもとめずに唄い、踊り、酒に興じている。

「そうは言うがな、義治。もとはといえば……」

「いまは善住坊の女でござろう」

「それはそうだが」

「父上もくどい質《たち》じゃな」

義治は、しばらく首をひねっていたが、やがて口を開いた。

「ではこうしよう。菖蒲はわしが預かる。善住坊がみごと信長を撃ったれば、菖蒲はこの善住坊のもの。失敗すれば、父上のもの。それならどちらも不服は出ぬであろう」

「ふん」

承禎は鼻を鳴らしただけだが、それが承服のしるしらしかった。

「しかし、それでは……」

「案じるな、わしは絶対に菖蒲には手をださぬ」

善住坊は、それ以上異《い》を唱えることができなかった。

四

近江から鈴鹿山脈を越えて美濃か伊勢に出る道は、全部で十本ある。

北から順に、島津《しまづ》越、大君《おじ》ヶ畑《はた》越、君《きみ》ヶ畑《はた》越、八風《はっぷう》越、千種《ちぐさ》越、仁正寺《にしようじ》越、大河原《おおかわら》越、小岐須《おぎす》越、安楽《あんらく》越、鈴鹿越と呼ばれているが、信長がいったいどの道を通って岐阜に帰るかは、六角承禎と甲賀武士にとって、もっとも重要な戦術的課題であった。

望月屋敷からは、何人もの下忍が京の信長周辺や湖南各地に潜入している。

五月九日、信長は正親町《おおぎまち》天皇の勅使山科言継《やましなときつぐ》の慰問を受けたのち、三万の軍勢を率いて京を出発した。

その日は志賀《しが》の宇佐山《うさやま》城に入り、十二日には勢多《せた》(瀬田)の山岡《やまおか》城、十三日には野《や》洲《す》の永原《ながはら》城に入ったとの報告が、下忍たちから届いている。

「信長は帰路を決めかねて、手探りしておりますげな」

望月吉棟は下忍たちの諜報をとりまとめて六角承禎に教えた。

「鈴鹿山を越える諸道のうち、島津越、大君ケ畑越へ向かうためには、浅井殿の軍勢をけちらして愛知《えち》川を越えなければなりませぬ。いまの信長、敢えて虎の尾は踏みますまい」

「であろうな」

「また、東海道の鈴鹿越と安楽越とは、ここ甲賀を通らねばなりませぬ。われらが待ちかまえる谷間に軍を進めるほどのたわけでもありますまい」

「さもあろう」

「とすれば、やはり日野《ひの》の蒲生賢秀《がもうかたひで》を動かして千種越、仁正寺越、大河原越のいずれかを選ぶことになりもうそう」

「なるほど。たしかにそうであろう」

蒲生賢秀は、六角家の旧臣のなかでも、もっとも早く信長に帰順している。美濃への道を塞《ふさ》がれている信長にとって、日野の蒲生はまたとない先導者である。

「手は打ってあるか」

「ぬかりはございませぬ。土民どもを糾合《きゅうごう》して一揆《いっき》を起こさせました。蒲生の奴、手を焼いていることでありましょう」

「まさに信長は袋の鼠《ねずみ》でございますな」

義治が闊達《かったつ》に笑った。

「問題は、どこで狙うかじゃな。蒲生を頼みとしておるなら、やはり日野からたどる仁正寺越か、大河原越であろうか」

「信長の進軍は疾風のごとく速うございますから、あらかじめ万端の準備をしておかねばなりませぬ」

守山城への攻撃で痛い目に遭った六角承禎や義治にとって、もはや正面きっての信長軍との決戦では、とてものこと勝算が立たない。

山深い鈴鹿の峠道ならば、どんな大軍も一列になってしか通れない。馬に乗るのさえ難しい場所も多い。

そこで善住坊に狙撃させる——。

信長の息の根を止めるには、この作戦しか考えられなかった。

善住坊は、すでに鈴鹿の峰に入っている。

信長のいる永原城から鈴鹿の山麓までは、ざっと五里（約二〇キロ）。信長ならば、馬にさんざん鞭をくれて、半刻《はんとき》（約一時間）もかけずに駆け抜けるであろう。

鈴鹿山脈の稜線上に、草を葺《ふ》いて仮小屋をかけた善住坊は、ひたすら鉄砲を手入れしながら、連絡を待ち受けていた。

「信長来る」の報を受けたらすぐさま峰を駆けてその峠に向かわねばならないからである。

「しかし、おまえさまは、よくもまあ熱心に鉄砲を手入れなさるもんだな」

望月家の下忍で、善住坊へのつなぎを働く赤蔵《あかぞう》という男が言った。

赤蔵は、はなはだ敏捷な忍び働きを得意としているのだが、顔一面に醜い疥癬《かいせん》ができている。自身の容貌に強い引け目のある善住坊にとっては、むしろ気楽な相手であった。

赤蔵が呆れたのも無理はない。

善住坊は夜明けから日没まで、じっと坐ったまま、一日中鉄砲を撫でまわしているのである。玉を込めるのにつかう槊杖《かるか》に布をからめて筒のなかを拭い、引き金や火蓋《ひぶた》の可動部分に適量の油をさしておく。国友《くにとも》出来のその鉄砲は、銃身がつややかに黒光りし、樫《かし》の銃床は丹念になめした革のごとくしっとりと手になじむ。撫でているあいだ、善住坊はずっと菖蒲《あやめ》のからだを思っていた。銃床に頬をつけて、目当てにかまえると、重さが手になじんで心地よい。

善住坊は、向こうの櫟《くぬぎ》の枝にぶら下げた永楽銭に照準を定め、引き金を引いた。カチリと乾いた音がして、火縄を挟んでいない火挟《ひばさ》みが落ちる。その作動をたしかめると、また、槊杖で銃口《すぐち》を丹念にぬぐい、油を染み込ませた布で可動部の真鍮《しんちゆう》を磨く。

そんな一連の作業を夜明けから日没まで続けて、もう三日になる。

休むのは、赤蔵がもってくる稗《ひえ》まじりの握り飯を頬張るときだけだ。

「わしも忍具の手入れは怠らぬが、なかなかおまえさまのようにはいかぬな」

善住坊は黙って銃身を磨いている。

「しかし、おまえさまのは、手入れというより、銃がいとおしゅうてたまらぬようじゃな」

「ああ、いとおしいぞ。わしはこの菖蒲がいとおしいとも」

赤蔵はいささか奇妙な空気を感じたが、それよりも好奇心が勝った。

「鉄砲は菖蒲という銘《めい》にしたか」

「銘ではない。これは菖蒲だ」

「菖蒲とは、あの白拍子であろう」

「そうだ」

「あれはよいおなごじゃ」

「ああ、よいおなごじゃ」

「美しいな」

「ああ、美しい」

「しかし……」

と赤蔵は善住坊の銃をじっと見据《みす》えた。

「あのおなごは、殿さまに取られたのであろう」

「そうではない。義治殿に預けただけだ。この仕事が終われば、ちゃんと夫婦になる」

「ふん」

赤蔵が鼻で笑った。

疥癬《やや》を病むこの男もまた、女に好かれたことがなかった。人に倍する銭を払ってさえ、遊び女《め》たちは嬉しそうな顔では抱かれない。

「いまごろは、義治殿とねんごろじゃな」

ブンと風を切る音が唸って、重量のある銃身が赤蔵に襲いかかった。

善住坊の振り回した銃床が、赤蔵の頭を殴打するより早く、赤蔵は身をかわした。

「狂ったか！」

この赤蔵を憎んでも仕方がなかった。

善住坊は醒《さ》めてうなだれた。

「狼煙《のろし》だッ」

西の麓に、煙の筋が三本上がるのが見えた。

信長は千種越に向かっているという合図である。

善住坊はすぐさま駆け出した。

千種越なら、狙撃場所はもう決めてあった。ひたすら、そこを目指して駆けていた。

かねて目をつけておいたのは、峠手前の大きな樟《くすのき》である。

谷のなかなので、薄暗く、茂みにまぎれて枝にとりついていれば、ほんの十二間離れただけの道からも、気づかれる心配はない。

細い山道はそこで大きく曲がり、急な登りになっている。馬を駆けさせることはできない。狙撃には絶好の場所だった。

樟の太い枝に登った。

銃口に火薬を詰め、紙に包んだ十匁玉をふたつ押し込んだ。

木槌《きづち》で叩き入れ、槊杖《かるか》で押し入れた。

火皿に口薬《こうやく》をいれて、火蓋を閉じる。

火筒のなかの種火を確認して蓋を閉じると、善住坊は太い幹にもたれて銃を抱き、目を閉じた。

なにも考えていなかった。

意識が澄んでいる。こういうときは、必ず命中した。

一刻余りもたったとき、赤蔵がやってきた。

「先導は、蒲生賢秀と、この麓の布施藤九郎《ふせとうくろう》、速水勘解由左衛門《はやみかげゆざえもん》の三百騎。信長は馬廻《うままわり》衆に護衛されている。ぬかるな」

早口でそれだけ告げると、赤蔵は幹を滑り降りた。

降りぎわに、小声で言った。

「撃ちもらすな！　菖蒲のためぞ」

女の名を聞いて、善住坊は惑乱した。心臓の鼓動が高く鳴った。

――せっかく平常心でいたのに、よけいなことを。

と歯がみせずにはいられない。

——落ちつけ、落ちつけ。

善住坊は、臍下丹田《せいかたんでん》に気を落として、精神を落ちつけた。

——中《あ》たる。はずすものか。

ふたたび自信がみなぎった。

馬のいななきが、谷の下のほうで聞こえた。

火種を火縄に点火すると、善住坊は火縄の先を口のすぐそばにかざして、細く息を吹きかけ続けた。火縄にしみこんでいる煙硝を完全に燃焼させ、煙と匂いを出さないためである。

その間に、見覚えのある蒲生、布施、速水の手勢が、十二間先の山道を登っていった。

火縄を火挟みに挟んで、火蓋を切った。

鉄砲を頬に当ててかまえると、目当ての前方に、黒地に二本金筋の指物《さしもの》を背にした織田軍の馬廻衆がいた。

三十騎ほどをやりすごすと、麻の単衣《ひとえ》に革袴《かわばかま》をはいた男が、涼しげなようすで馬に乗っている。武装していないのは、その男一人だった。

向こうからしだいに近寄ってくると、顔が見えた。望月屋敷で教えられたとおりの、色白で切れ長の目をした男だった。

三度ゆっくり呼吸して、善住坊は、引き金に指をかけた。

すべらかな真鍮のぬめりが、人差し指の先に伝わった瞬間、善住坊は菖蒲の肢体のなかで、もっとも神秘的な部分の感触を思い出した。いままでに一度とてないことだった。

首を振って雑念を払い、いまいちど狙いを定め、人差し指をひいた。

銃声がとどろいた。

馬上の信長が、こちらを向いた。

信長の目が、鋭利な刃物でえぐるように善住坊を睨《にら》んだ。

馬廻衆が、口々に叫びをあげて馬を降り、藪《やぶ》をかきわけて、善住坊に向かってきた。

キェーッ、と怪鳥《けちょう》のごとき奇声を発すると、善住坊は枝から飛び降り、転げるように逃げだした。

五

「あぶないところでございましたな。ご無事でしたか」

自軍の軍勢を脇に押しのけて、先頭から駆け戻ってきた蒲生賢秀がたずねた。

「案ずるな。別状ない」

信長が左手をあげると、単衣の袖にふたつの穴が開いていた。

「ふたつ玉でござるな」

「鉄砲足軽のなかでも、つかうものは、さほど大勢はおるまい」

「さよう、甲賀ならば、まずは杉谷の善住坊《ぜんじゅうぼう》か……」

蒲生賢秀は、首をかしげてしばらく考えていたが、やがてはっきりと断言した。

「いや、六角の使嗾《しそう》だとすれば、善住坊にまちがいありますまい」

「であるか」

ちいさくうなずくと、信長は隊列に向かって大声を発した。

「甲賀杉谷の善住坊なる者、草の根をわけても探し出し、我が面前に引き立てよ。よいな!」

信長の命令は、軍団のすみずみにまで伝えられた。

当の善住坊は、狙撃ののち、いったん甲賀望月屋敷にもどったものの、すぐに菖蒲《あやめ》を連れて逐電《ちくでん》した。

そのとき、信長の狙撃に成功したと嘘をついて、ほんのしばらくのあいだ六角親子を欣喜雀躍《きんきじやくやく》させたことは、罪と憎むほどの悪事ではあるまい。

善住坊は、近江の北に向かって菖蒲とともに逃げた。

逃げているあいだ、善住坊は幸福だった。

鉄砲を捨てた善住坊は、鼓《つづみ》を手にした。僧衣も捨てて、菖蒲とともに華やいだ小袖を着て、遊行《ゆぎよう》の芸人となった。

小谷《おだに》の市場の隅や街道の辻で披露する菖蒲の舞は、人気を博し、銭を投げてくれる観客が大勢いた。人々はみな、合戦に飽いているように、二人には思えた。

六月になって、六角承禎は再び旧臣や甲賀武士を糾合して、野洲で、佐久間信盛、柴田勝家と戦ったが、このときは七百八十余りの首級《しるし》をあげられる負けぶりだった。

六月の終わり、信長は再び近江にあらわれた。こんどは援軍徳川家康《とくがわいえやす》をともなっている。

朝倉義景と浅井長政の連合軍を、姉川《あねがわ》の河原で討ち破ると、もはや信長を止める者はいなくなった。

善住坊と菖蒲はさらに近江の北に逃げた。そこならばまだ浅井長政や浅倉義景の勢力が残っていた。

一年、二年は、北近江も平穏無事であった。

しかし、信長が将軍義昭を放逐し、京を制圧すると、彼の軍団は北近江に向かってきた。

天正《てんしょう》元年（一五七三）八月、ついに信長は越前で浅倉義景を自刃させ、近江小谷城に浅井長政を滅ぼした。

善住坊と菖蒲は、あわてて湖西の高島《たかしま》に逃亡したが、ついにそこで、信長から高島をまかされている磯野丹波守員昌《いそのたんばのかみかずまさ》に捕らえられた。

危険を察知した善住坊は、泣きわめく菖蒲の頰を張りつけて逃がし、自分だけが捕らわれた。

善住坊は、堅く縛り上げられ、ただちに岐阜に送られた。

岐阜で詮議にあたったのは、織田家の政務を担当する奉行の菅谷長頼《すがやながより》と祝重正《はふりしげまさ》だった。

「そのほう、三年前の元亀元年五月に、千種越にて信長公を狙撃したであろう」

善住坊はそうだと答えた。

「だれにたのまれたか」

「六角の殿さまだ」

隠してもしようがなかった。承禎は伊賀に隠れているとの噂は聞いていた。

「恩賞はなんだ。黄金か」

「いや。そんなくだらぬものじゃない」

善住坊は見栄をはって首を振った。

「伊勢一国が約束の恩賞よ」

「それはたいした値打ちのふたつ玉じゃな」

やがて、信長があらわれた。

「おお、こ奴めである。この鯰顔、けっして忘れはせぬ」

「されば、お館《やかた》さま狙撃は重罪。ただの打ち首ではすまされませぬ。焚殺《ふんさつ》か、あるいは、煮え湯をかけて殺しまするか」

「いや、天下布武《てんかふぶ》の大業を目前に、二度とこのような不埒者があらわれぬよう、もっと見せしめにしてくれよう。こ奴、このまま地中に埋めて首だけ出させ、竹の鋸《のこぎり》で引き殺しにせよ。すぐに死なせてはなるまい。七日、十日と生殺《なまごろ》しにするのじゃ」

信長の命令は忠実に実行にうつされた。

岐阜のはずれの街道で、善住坊は地に埋められ、頭だけが地上に出された。

人が通るたびに、番人が呼び止め、竹の鋸をひと引きさせる。

通行人は、恐れをなして、軽く首に当てただけで鋸を引く。

首は切れない。

いつ果てるともなくつづく激しい痛みに、善住坊はのたうち回りたかった。しかし、地中の手足は自由がきかず、のたうつことさえできなかった。

生きたままの阿鼻地獄《あびじごく》であった。

地上にさらされている自分の鯰顔がかぎりなくうとましかった。

痛みのなかで何日たったかもわからなくなってきたころ、善住坊の名を呼ぶ女の声が聞こえた。

うつろに霞《かす》む目を開くと、菖蒲が善住坊の頬をやさしく撫でていた。

菖蒲は泣いていた。

泣きながら、菖蒲は善住坊の口を吸った。

そして、竹の鋸を首の頸動脈に当てると、渾身の力をこめて引いた。

善住坊は、自分の死顔は仏に似るだろうと思った。

弾《だん》正《じょう》の鷹

一

剃《そ》ったばかりの坊主頭をなんども掌《てのひら》で撫《な》でさすると、松永弾正久秀《まつながだんじょうひさひで》は、口元をゆがめて溜息とともに呟《つぶや》いた。

「おもしろくない世の中だの」

信貴山《しぎさん》の頂《いただき》にある屋敷からは、大和《やまと》盆地が一望できる。

冬枯れの盆地は、みょうに黒々と寂しげに見えた。その大和の天地は、ついこのあいだまでおのれの領地だった。

大和一国と河内《かわち》半国を失い、隠居めかして頭を丸めてみれば、いくさばかりに過ごした半生が、夢のごとくはかなく感じられた。

信貴山の峰を寒風がよぎり、思わず首をすくめた。

「わたしは楽しゅうございますわ」

剃刀《かみそり》と手桶を片づけていた桔梗《ききょう》が、はずんだ声をだした。

「なにが楽しい」

「弾正様がひょっこりお戻りになったんですもの。こんな嬉しいことはございません」

「喜ばしおって」

あわい笑いがこみあげた。女に慕われていたかと思えば、やはりこころがやわらぐ。

弾正は信長に謀叛《むほん》の詫《わ》びをいれて、この城に戻ったばかりだった。三好《みよし》党や石山本願寺《いしやまほんがんじ》、また足利《あしかが》将軍義昭《よしあき》や武田信玄《たけだしんげん》らと結んで、信長を打倒すべく画策し、しきりと出兵しては攻めたてた。一万三千の兵を抱える将として、それなりの勝算があった。

だが、信長の軍勢は強かった。

大軍を率いて上洛した信長の先鋒佐久間信盛《さくまのぶもり》が河内に押し寄せ、弾正は降伏した。岐阜《ぎふ》で信長に拝謁し、奈良の多聞山《たもんやま》城と、二人の息子を人質に差し出した。それからちょうど一年のあいだ、すがたをくらませていた。

信長にそむいた以上、大和を失うのはいたしかたない。

大和の支配拠点である多聞山城を没収されたのは悔やまれるが、この信貴山城が残ったのが幸いである。いや、命があったのを冥加《みようが》とするべきか。弾正とともに戦った三好義継《よしつぐ》は、河内若江《わかえ》城に攻めこまれ、妻子を殺して自決した。生きていれば、いつかまた——ということもある。

「お風邪をめしますわ」

じっと大和盆地を眺めたまま動かない肩に、桔梗が桜色の小袖をかけた。焚《た》き込めてある香が鼻をくすぐり、弾正は小さなくしゃみをひとつした。

「一年間、どこにおいででしたか」

「堺《さかい》だ」

「堺……」

そこは、桔梗が生まれそだった町だ。きらびやかな南蛮《なんばん》の船がはいる湊《みなと》。そして、桔梗の父と母が信長に殺された町。

「堺なら……」

生駒《いこま》山脈の南端にあるこの信貴山城からわずか五里（約二〇キロ）、半日もあれば歩いて行ける距離だ。

東の峰にあるこの屋敷からは大和盆地しか見えないが、すぐ上の山頂に建つ天守にのぼれば、河内平野が銀色の海と接するまさにそのあわいに、濠《ほり》と柵に囲まれた堺の町が見える。桔梗は、日になんども天守にのぼって飽きもせず堺の町を眺めることがある。

「堺は変わりましたでしょう」

「変わったな。ひどく変わった」

堺は、阿波《あわ》三好党の右筆《ゆうひつ》だった松永弾正とは、なじみの深い町である。三好党は、阿波からの上陸地となる堺を兵站《へいたん》基地としていたため、弾正は堺の自治組織会合衆《えごうしゅう》と特に密接な結びつきをもっていた。

弾正が三好党と紛争になったときも、会合衆は強力な味方になってくれた。いちどなど、堺に逃げ込んだ弾正を三好党一万五千の兵が包囲したが、会合衆の説得で勝鬨《かちどき》だけ上げて引き返したことがある。

堺の町は、それだけの力をもっていた。明《みん》、朝鮮《ちょうせん》、琉球《りゅうきゅう》、南蛮との貿易で栄華をきわめた堺の町衆は、牢人を雇って町を防備し、自治をたのしんでいた。

ただし、それは信長が畿内にあらわれるまでの話だ。

足利将軍義昭を奉じて上洛した信長は、堺に二万貫の矢銭《やせん》を課した。

会合衆はこれを拒絶。矢倉《やぐら》を高くし、さらに大勢の牢人を雇い入れた。

しかし、信長軍が京都で三好三人衆を撃破。大挙して襲来するとの報に接すると、あわててひざを屈し、銭二万貫を献上した。

信長は、将軍義昭から堺に代官を置く許可を得た。

信長の直轄地になって、堺は変わった。

能登屋《のと》、臙脂屋《べに》など、三好党や松永弾正に近かった有力商人が力を失い、はやくから信長に接近していた今井宗久《いまいそうきゆう》や天王寺屋《てんのうじ》、宍喰屋《ししくい》らが富貴をきわめた。

代官を置いた信長は、さらに厳しい年貢を課した。

これを不満とした町衆らは十人の代表を岐阜《ぎふ》に送り、年貢軽減を願い出た。

この嘆願が信長の逆鱗《げきりん》にふれ、十人は獄に投じられた。八人がそのまま獄死し、事態の顛末《てんまつ》を知らせにもどった二人は、信長の代官松井友閑《まついゆうかん》に捕らえられ、町の北門で梟首《きようしゆ》された。

その一人が桔梗の父茜屋宗佐《あかねやそうさ》だった。

晒《さら》し台の上で苦悶《くもん》にゆがんだ父の顔つきは、桔梗の瞼《まぶた》に焼きついている。

「弾正様は、このまま信長にしたがうおつもりなのですか」

弾正は唇を嚙《か》んだ。

この一年、まさにそのことばかり考えていた。信長が、組み合って倒せる男なら、すぐにでも飛びかかって喉《のど》を掻《か》き切ってやりたい。

十五年前、信貴山城に入ってから、死にものぐるいで切り取った大和と河内の天地だ。そうやすやすと渡せるはずがない。

だが、信長には六万の軍団がある。

信長は比叡山《ひえいざん》さえ焼き打ちにした。越前《えちぜん》の朝倉《あさくら》も、近江《おうみ》の浅井《あざい》もすでに滅びた。武田信玄が伊那《いな》に没し、将軍義昭が畿内から放逐されたいま、時の勢いは信長にある。

「勝てぬな」

戦陣の修羅場《しゅらば》に五十年をすごした身をもって冷静に判じれば、そう結論するしかない。

「なんとおっしゃいましたか」

なじる口調で桔梗が問いかえした。

「……信長には勝てぬ」

忸怩《じくじ》たる思いがこみあげてくる。

色白で端整な桔梗の顔が険をふくみ、目がきりきりつり上がった。

「睨《にら》むな」

「さように弱いお方とは存じませなんだ。信長を討つお方だと思えばこそ、そばにお仕えもし、お待ち申しておりましたのに」

この城にいた一年前まで、弾正は桔梗との寝物語に、信長への復讐をささやいた。

——信長はかならず儂《わし》が成敗してくれるわい。

弾正がそう呟くたびに、桔梗の若い肢体が大きくしなり、吐息が熱くなった。

——あんな若造、なにほどのことがあるか。

そうささやいて白い乳房を揉《も》みしだけば、桔梗は艶《つや》やかな歓喜にむせんで弾正にしがみつき、背中に爪を立てた。

美しく猛《たけ》った桔梗が、非難の目で弾正を睨みつけている。

弾正は目をそらした。

大和の空は、寒々と蒼くすみわたっている。

鳶《とび》がゆったりと翼《つばさ》をひろげて、眼下に舞っている。

「鷹を試してみるか……」

「たか……」

「堺で韃靼《だったん》の鷹匠《たかじょう》だという男に会った。そやつ、鷹に人を襲わせる秘術を会得しておると吹聴しておった」

「まことにそのような術があるのですか」

赤子ならともかく、猛禽《もうきん》とはいえ、鷹が人さまを襲うなどきいたことがない。

「さて、ただの法螺《ほら》かもしれぬ」

「でも、もしもほんとうなら……」

鷹の鋭い嘴《くちばし》と爪が、信長の喉を切り裂く光景が、桔梗の脳裏にうかんだ。

「ぜひとも、その韃靼人に会いとうございます。ぜひにも」

「ふむ」

弾正の逡巡を、桔梗の厳しい眼差《まなざ》しがふき消した。

「そんな無謀なこと、できるわけがない。黄金百万枚を積まれても、信長殿を襲うなど……」

「シッ、声が高い」

韃靼人の巨漢ハトロアンスの大声を、弾正がさえぎった。奥座敷とはいえ、堺の目抜き通り大小路《おおしょうじ》に面した店である。

主人の油屋《あぶらや》道琳《どうりん》は、若い頃から弾正と親交があり、表も裏も気脈が通じているから密告される気がかりなどない。しかし、なにしろ大きな商家のことだ。下働きの男女も数が多く、どこに信長の耳があるかわからない。

「それはやはり無茶というものです。わたしだって命が惜しいでしょ。信長殿を襲えば、わたしはかならず殺される」

南蛮式の卓をはさんで、椅子に腰かけたハトロアンスが、声をひそめた。大きな体を縮《ちぢ》めて、信長の残忍さを畏《おそ》れるごとく、黒く太い眉をひそめた。

この男が、訛《なま》りはあるが充分に理解できる日本語を話すのは、呂宋《ルソン》の日本人町に長くいたからだという。明国の北の乾いた大地に住む韃靼人の彼が、なぜ国を出て遠い海の彼方《かなた》の呂宋に行ったのか、その問いにハトロアンスが答えたことはない。

「なにもおぬしに鷹をつかえとはいうておらぬ。秘術を教えてくれれば、それでよいのだ」

さとすように弾正がいった。

「他人に教えられぬから、秘術というのではありませんか」

ハトロアンスが首をふると、頭のうしろに垂れた弁髪《べんぱつ》がゆれた。

そのとき、襖《ふすま》が開くと、あでやかな緞通《だんつう》のうえで、桔梗が両手をついて頭を下げていた。

「おねがいでございます。なんとしても、その術、教えていただきとうございます」

桔梗の白いうなじがまばゆい。

「教える？　あなたに……」

ハトロアンスは、まじまじと桔梗を見すえた。顔を上げた桔梗は、粘《ねば》ついた視線を感じたが、身じろぎもせず異国の大男を見つめ返した。

「支度金として不足のない黄金を用意する。この女に秘術を伝授してくれ。成功したら、何万貫でも、欲しいだけの褒賞《ほうしょう》をやる」

「そう……」

韃靼人は、思案顔で弁髪を弄《もてあそ》んだ。

「頼む。ひきうけてくれ」

弾正は頭をさげた。信長以外の人間に頭をさげたのは、初めての気がする。

赤い舌を見せると、ハトロアンスはかわいた唇をなめた。

「この国には、女の鷹匠はいないでしょう」

「おらぬ。韃靼にはおるか」

「韃靼では、鷹をつかうのに、男と女の区別はない。しかし……」

「女なら信長も油断する。韃靼の女鷹匠だとふれこめば拝謁もかなう」

利益と危険とを心のなかで天秤にかけているらしく、韃靼人が思案顔になった。

「やはりやめておきましょう。それは危険すぎることだ」

弾正は軽蔑しきった目で、ハトロアンスをながめた。

「ここまで頼んでいるのに断わるとは、おぬし、やはりただの法螺吹きであったか。

もうよい。いまの話は忘れよ」

弾正は立ち上がると、懐から黄金三枚をつかみ、卓上にほうった。

「忘れ賃だ。桔梗、諦めよ」

「待ちなさい」

韃靼人は、大きく首をふった。

「わたしは、法螺吹きではない。弾正殿といえ侮蔑は許さない。わたしは、韃靼の総王アルタン・ハーン様のもとで、鷹匠頭《がしら》をしていた。いつも一千の鷹がいた。一万の兵を勢子《せこ》にして狩《かり》をしていた」

「遠い韃靼のことだ。われらに真偽のほどは知れぬ。好きな嘘をほざいておればよい」

ハトロアンスは怒りに満ちた形相で弾正を睨みつけていたが、やがて瞑目すると、不思議な口笛を吹きはじめた。鳥のさえずりのような音である。強くなり、弱くなり、その音はしばらく続いた。

「庭を見てもらいたい」

障子を開けると、茶人の道琳が数寄《すき》をこらした庭の百日紅《さるすべり》に、烏《からす》が一羽とまっていた。

「大鷹《おおたか》か隼《はやぶさ》でも呼んだかと思えば、なんのことはない。ただの鳥ではないか」

ハトロアンスは、さらに口笛をつづけた。どこかさびしげに嫋々《じょうじょう》と響く音色は、風にのり、縹《はなだ》色の空にたなびいた。

一羽の鵯《ひよどり》が、庭の土塀にとまり、ギーッと甲高《かんだか》く鳴いた。

どこからともなく風を切る羽音がきこえると、見る見るうちに数百羽の椋鳥《むくどり》や百舌《もず》、水鶏《くいな》などが飛来して、庭の木々や土塀がびっしりと鳥たちで埋め尽くされた。

「堺に鷹はいない。鳥のことならわたしはなんでも知っているよ」

韃靼人ハトロアンスは、愉快そうに声を立てて笑った。


ハトロアンスに秘術伝授の約束を取り付けると、桔梗は久しぶりに堺の町を歩いた。

桔梗にとっては、四年ぶりの堺である。

すぐ近くの信貴山城にいたのだから、帰ろうと思えばいつでも帰れたのだが、その気にならなかった。山上から眺めていてさえ、胸が熱くなる町なのだ。濠《ほり》を渡って足を踏み入れれば、そのまま泣き崩れてしまうだろうと思っていた。

堺の町は、あいかわらずにぎやかだ。

色とりどりの絹や羅紗《ラシャ》、天鵞絨《ビロード》、薬種や砂糖、明国渡来の白粉《おしろい》や真っ赤な金魚などがあふれる通りを、南蛮人、明人、朝鮮人、琉球人、そして日本人が闊歩《かつぽ》している。

町並みの繁華さは昔以上だが、ただ、空気がどこか殺伐として刺々《とげとげ》しい。気のせいか、辻々に澱《おり》のような邪気がただよっているようだ。

「親をも誑《たぶら》かす」と悪口をたたかれる堺商人だが、桔梗のまわりの人々は、みな優しかった。

米市場を過ぎて橋を渡り、湊に出た。

南からの船は、季節風に帆をひろげ、春から初夏にかけてやってくる。

冷たい北風が吹くいま、沖どまりの大型船は帆を下ろしてひっそりと静まっている。

船を見に来たのではなかった。

岐阜の獄で死んだ八人と、堺に帰って殺された二人の菩提《ぼだい》を弔《とむら》う堂が、湊からすこしはずれた臨江庵《りんこうあん》に建立《こんりゆう》され、十王堂《じゆうおうどう》として十体の木像が納められているときいていた。それを拝みにきたのだ。

堂はすぐに見つかった。

小さな堂は花に満たされ、灯明が献じてあった。

木像に手をあわせ、父を思えば、いくらでも涙があふれでた。悲しみより、歯がみする口惜しさと狂おしいもどかしさが強くこみ上げた。

じっと拝んでいると体の奥から震えがきた。

――いつかかならず……。

そう念じずには、いられない。

堂を出ると、足は自然に宿屋町《やどやまち》にむいた。そこは、桔梗の生家茜屋があった町内だ。

父宗佐が梟首《きょうしゅ》された夜、母は錯乱して湊に身を投じた。

茜屋は、宗佐が自ら船に乗って海を渡り、丁子油《ちょうじあぶら》を輸入して築いた身代だ。丁子油のほかにも、珍しい南方の香油や香料がぎっしりと蔵に詰まっていた。

宗佐の死後、店の者は、茜屋の存続を望んだが、桔梗はもちろん、番頭の弥平《やへい》にも茜屋の切り盛りは荷が重すぎた。

――いずれ番頭の弥平を婿《むこ》に取って……。

宗佐や母は、そう考えていたらしい。桔梗自身も、そうなるのが自分の幸福だとぼんやり想像していたが、父の梟首で、すべてが根底からくつがえされた。商売は順調に回転していたが、人目をはばかって葬式さえ出せぬまま、茜屋は行き詰まった。

声をかけてきたのが、油屋道琳だった。

茜屋は、油屋に多額の借財があるという。宗佐が書いたという証文も見せられた。

「茜屋の名前が消えるのは、わたしとしても無念だ。どうだろう、借金を帳消しにして、わたしがいまのまま茜屋を続けるというのは。番頭や手代もそのまま雇う。桔梗殿は、このまま店にいてくれればよい」

一晩考えて、茜屋がつづくならそれがいちばんだと思った。

奥に閉じこもり、浮かぬ気持ちで数カ月をすごすと、道琳が別の話をきりだした。

「松永弾正殿が、いたくあなたを気に入っておいでな……」

側女《そばめ》にならぬかという話だった。

「大きな声ではいえぬが、信長を討てるのは、弾正殿しかおらぬ」

桔梗は息をのんでつぎのことばを待った。

「隠さずともよい。桔梗殿は信長に酬《むく》いるのが本願であろう」

桔梗の背筋が凍った。

こころの奥まで見透かされていると思った。幼い頃から勝ち気だった桔梗の性格を、父の宗佐と同業の道琳はよく知っていた。

桔梗は自分で道を選んだ。どのみち、父の殺された堺にいるのは気が滅入るばかりだった。弾正の側女になるのが、自分の運命に思えた。

あれからもう三年の時間がながれた。

茜屋に近づくと、なつかしい甘い香りが、通りにただよっていた。人が替わっても、そのまま同じ商いをつづけているのだ。店のかまえもそのままで、いまにも父の声が聞こえてきそうだ。

子供の頃から嗅《か》ぎなれた南蛮の香りに、桔梗の全身が熱くなった。甘い芳香は変わっていないのに、すっかり変わってしまった自分の境涯がいたたまれず、桔梗はそのままきびすを返した。

二

三足《もと》の鷹を捕まえて、ハトロアンスが帰ってきたのは、月がひとめぐりした春の二月だった。

鷹は、去年生まれた成鳥だという。

三つの鷹籠《たかかご》が、弾正屋敷の庭にならんだ。

竹籠から両手で取り出すと、鷹は、身をよじってもがいた。頭に革で細工した頭巾がかぶせてあるので、目はまるで見えない。

「いいキヤホウだ。いちばんはやく翔《と》ぶいい羽をしている」

韃靼では、鷹をキヤホウと呼ぶ。

ハトロアンスは、太い両手で自慢げに鷹をかかげて見せた。

すっきりとのびた茶色い尾羽は、いかにも獰猛《どうもう》そうだった。腹の羽は茶と白のまだらがかった縞《しま》になっていて、白はきらりと青みがかってかがやいている。

弾正が目を細めた。

「さようによい鷹か？」

弾正も鷹狩はいたって好きで、一足《もと》の鷹に数千貫の大金を投じたこともある。

「ああ、いさましい鷹だ」

ハトロアンスは、自分がその鷹を捕らえたときのことを話しはじめた。

「捕らえたのは、紀州《きしゆう》の山中だ」

ハトロアンスは、行き先を告げずに出立《しゆったつ》していた。弾正は自分の鷹匠頭西脇佐兵衛《にしわきさへえ》と、若い鷹匠見習い六人に供をさせた。鷹匠の師弟とは別に、屈強の河内侍五人を同行させ、道中の警護にあたらせた。

「見てみろ」

ハトロアンスが着物の右肩をめくると、無惨な傷跡があった。肉がざっくりえぐり取られ、表面の血が赤黒くかたまっている。

「捕まえるとき、こいつの爪と嘴《くちばし》でやられたのだ」

「猿も木から落ちたか」

弾正が笑うと、ハトロアンスが言下に否定した。

「いや、それだけこのキヤホウが強いということだ」

「まさに仰天いたしました。ハトロアンス殿は、韃靼流捕鷹《ほよう》の術を、惜しげもなく教えてくださいました」

同行した西脇佐兵衛は、三十半ばの卓越した鷹匠で、経験も豊富であった。

「われわれの術とは、ずいぶん違うのか」

「それはもうずいぶん違っております。われらは鷹を左の拳《こぶし》に据《す》えますが、韃靼では右の拳に据えるそうでござる」

佐兵衛がひざを進めた。

「そんな違いはあっても、技《わざ》は、みごとの一言でございます。ハトロアンス殿のごとき名人は見たことも聞いたこともございませぬ」

「ほう。どんな罠《わな》をつかったのだ」

弾正に質問された佐兵衛は、ハトロアンスの顔を見た。名人などというのは偏屈者が多く、自分流の技術をそうやすやすと他人に教えない。すくなくとも、日本の鷹匠はそうである。

「簡単な罠なのだ」

料紙に筆で、ハトロアンスは、さらさらと図面を描いてみせた。

「よくしなる竹をつかって、横に麻縄を張るのだ」

ハトロアンスは得意げに説明した。

「すぐはずれるとまり木に、鳩の肉を置いて、麻縄を絡めておく。鷹が餌《えさ》につられて足を乗せると、途端にとまり木がはずれ、張ってあった縄が足に絡まるのだ」

「単純な罠ですが、足を絡められた鷹は、もがけばもがくほど、自由がききませぬ」

佐兵衛が感心しきったようにいった。

「小屋にいれる」

信貴山の中腹には、日本式の鷹小屋が建てられていた。韃靼では、鷹のために小屋を建てたりしないというが、佐兵衛の鷹小屋を見たハトロアンスがいたく気に入り、同じものを建てさせたのだ。

一同をひきつれてそちらに行くと、韃靼人は、小屋の内部を手ぎわよく点検した。

「水船に水をはり、餌口の鉤《かぎ》を閉めなさい」

鷹匠組の若者二人が、すぐはしった。

「そのまえに爪を切る」

ハトロアンスは、鷹に麻布をまいて、足だけ出した。桔梗のひざにそれをあずけ、抱え方を細かく指示した。

「しっかりおさえていろ」

ハトロアンスは、小刀を白木の鞘《さや》からぬいた。よく研《と》がれた鋭利な刃物だった。まず、いちばん太く長く鋼鉄の鉤のごとく飛び出した中爪を、ほとんど残さぬほど削《そ》いだ。

「日本人は、この爪を取搦《とりからめ》といったな」

「さようです」

鷹匠頭の佐兵衛がみじかくこたえた。

「韃靼ではなんというのですか？」

「韃靼では、爪に名前などない」

機敏な動作で爪を一本ずつ削ぐと、ハトロアンスは、炭で熱した火箸《ひばし》をもってこさせた。

灼《や》けた火箸を布でつかみ、鷹のいくつかの爪の削ぎ跡におしつけた。

「爪はぎりぎりまで切れ。血がでたら、火箸で焼いておけ。血がとまる」

そうやって、三足《もと》の鷹のすべての爪をすばやく切り終えた。

ハトロアンスは、呪文めいた韃靼の言葉を呟きながら、あぐらをくんだひざのうえで布にくるまれた鷹を撫でさすりはじめた。

ばたつき、もがいていた鷹はやがて動きをとめておとなしくなった。

呪文はつづいている。

鷹の頭を撫で、腹を撫で、尾羽を撫で、足を撫で、呪文はながくつづいた。祈禱師《きとう》のごとく瞑目しているが、天に祈っているかのようでもある。

鷹を抱いたままますっと立ち上がると、ハトロアンスはすばやくしなやかな動作で小屋にはいり、戸をしめた。

沈黙の時間がすぎた。

弾正が佐兵衛の顔を見たとき、小屋のなかで突然大きな羽ばたきがきこえた。

臆病口と呼ぶ出入口を閉め切ってしまえば、内部は一条の光も射し込まぬ闇である。ハトロアンスは、闇のなかで鷹の拘束布を解いたらしい。

キィーッと、甲高い鳥の声がけたたましくくりかえされた。ばさばさと空気のふるえる音がしばらくつづいた。

大きな翼が地面をうつ鈍い音のあとで、突然、木の板壁がバシンと鳴った。なんどか板が鳴り、それから音がなにもしなくなった。

臆病口がひらき、ハトロアンスが出てきた。

外で待つ一同には見向きもせず、韃靼人の鷹匠は、二足目《もと》の鷹をひざに抱くと、ふたたび呪文をとなえ、鷹の全身を撫でさすった。

棟割りにした鷹小屋のとなりの鷹室にその鷹とともにハトロアンスがはいると、さっきの鷹と同じ音がつづいた。

三足目の鷹も、まったく同じ儀式をくりかえしてあつかわれた。

「鷹はこのままほっておく」

「いつまででございましょう」

佐兵衛がていねいにたずねた。

「十日か二十日か、それはキヤホウの強さによる。こいつはかなり粘るだろう」

三足の鷹を小屋に入れると、一同は、鷹小屋ちかくに建てられた瀟洒《しょうしゃ》な離れ屋敷にうつった。そこでにぎやかな酒宴になった。

座の主役は、終始ハトロアンスだった。

「まったく、ハトロアンス殿は、前世、鷹だったにちがいあるまい。でなければ、あれほど巧《たく》みに鷹の虚をつけるものでないわ」

「ハトロ殿ほどの鷹匠なれば、韃靼の王がさぞや寵愛《ちょうあい》なさったであろう」

警護の供をした五人の河内侍は、ふだんいたって口の悪い連中だったが、心底感服したらしく、口々に韃靼人鷹匠の技量を賞賛した。


夜が更けて宴がはてると、一同は、山頂の城にひきあげた。

夜の闇としじまのなかに、桔梗とハトロアンスだけがのこされた。

おだやかな春の夜で、月はない。

部屋の灯明《あかり》がしずかにゆれている。

「ながらくの旅、おつかれさまでございました」

桔梗があらためて両手をつき、ハトロアンスの帰還をねぎらった。

「堺なら塩風呂でくつろいでいただくところですが、ここは山城ゆえ、風呂のしたくがございませぬ。わたくしが汗をぬぐわせていただきます」

たすき掛けの桔梗が、盥《たらい》に湯をはってきた。

「どうか、」あちらでお着物をおくつろげくださいませ」

板の間に、可憐な南蛮緞通《だんつう》がしいてある。

ハトロアンスはしばらくのあいだ、立ったまま黙って異国の女を見つめていたが、日本式の旅装の帯を解いて、緞通にあぐらをかいた。

「失礼いたします」

桔梗が手で男の胸元をくつろげたとき、いきなり腕をつかまれ、抱き込まれた。

「韃靼人は風呂などはいらない。汗もぬぐわない。おれはなんのにおいがする？」

そのまま桔梗は口を吸われ、太い腕で抱きしめられた。

桔梗はふるえていた。

覚悟はしていたが、いきなり巨大な男の筋肉に抱きすくめられると、恐怖が先にたった。

「なんのにおいがする？」

抱きすくめられてふるえながら、桔梗はゆっくり息をすった。

かわいたにおい。かすかな風のにおい。太陽のにおいと草のにおい、雨と水のにおい、大地のにおい……、そんなものがいりまじって、ふしぎとこころのやすまるにおいができていた。

「風のにおいがします……」

「もっと嗅いでみろ」

男のはだかの胸が、桔梗の頬を圧迫した。

桔梗はゆっくりと息をすった。

「空……？」

空ににおいがあるなどとおもったことはなかった。それでも、男のからだは、そういうほかないさわやかな芳香を発散していた。

「韃靼人の汗は、みんな空にきえるのだ。涙だって、空にきえる」

ハトロアンスが、じっと桔梗の目を見つめた。桔梗は、異国の男は、美しい瞳をしているとおもった。

「おまえを妻としよう。わたしの三番目の妻の座をあたえる」

桔梗はからだもこころも凝固《ぎょうこ》して、頭が空白になった。

ゆっくりとおおいかぶさってきた男は、いままでの桔梗がしらない強さとしなやかさをもって彼女をいとおしんだ。

それからは、ずっと鷹小屋のそばですごした。

ハトロアンスは、しきりに鷹のようすを観察している。

「キヤホウによっては、二、三日で観念するのもいる。十日も二十日もかかることもある」

捕らえた鷹は、まず暗闇の小屋内で飢えさせる。飢えて疲れきったとき、鷹匠が餌を手にあらわれる。

ひ弱な鷹は、すぐに餌にとびつく。

こういう鷹は闘争心がよわい。

いつまでも餌に食いつかず、意地をはりとおす鷹が強いのだとハトロアンスがいった。

三足《もと》の鷹のうち、右の鷹部屋にいれたのが、いちばん大きかった。

「おまえは、あの大きなキヤホウをつかえ。あれは強い」

「鷹に名前はありますか?」

「韃靼ではつけないが、つけたければつけてよい」

桔梗は鷹の名前を考えた。すぐにはうかばなかった。

「鷹と逢ってからにしたらどうだ。そろそろ、おまえに小屋にはいってもらう」

男としてのハトロアンスは、しなやかだが断固としていた。いいだしたら、後にはひかなかった。鷹匠としては熟達の腕で、鷹道具の細工物などは、自ら工夫を重ねて作るほど器用だった。

「名前をつけるのはいちど鷹に餌を食べさせてからにしろ。なかには、餌を食べず、そのまま死んでしまうキヤホウもいる」

桔梗にとって、生まれて初めて接する鷹である。南蛮のインコやオウムなら茜屋の縁側の籠でさえずっていたが、凶暴な野生の猛禽など、目にしたことさえない。

「鳩を取りに行く。ついてこい」

ハトロアンスは、日本風の山支度をしていた。弁髪は、烏帽子《えぼし》の中に隠しているので、すぐには異国人とわからない。鷹匠たちと旅をしてきたせいで、日本の言葉がずっと巧みになった。

鷹小屋からすこしはなれた大和盆地のよく見える峰の先まで、足早にあるいた。おくれまいと、桔梗は懸命にあとにつづいた。獣道をふみわけて、ひときわ見晴らしのよい高台に出た。草がはえていて気持ちがいい。

韃靼人の鷹匠は、腰の袋から大豆をひとつかみ取り出すと、ぱっとあたりに撒《ま》いた。その動作を、二、三度つづけた。

「すわっていよう」

よくなめした鹿革の敷物を草のうえにしいて、くつろいで腰をおろした。桔梗はとなりにすわった。

肌をかさね、ともに暮らすようになってから、桔梗にはこの韃靼人の鷹匠が、ほんとうの夫におもえてきた。

夫は、山中でしばしばわかく美しい日本の妻を抱いた。三番目の妻とされた桔梗にとっても、それは愉《たの》しい時間だった。

韃靼人には、淫靡《いんび》なにおいが、かけらもなかった。おおらかで、すがすがしく、そして強かった。

夫は、眺めのよい草原で妻を抱いた。

しびれるような快楽をからだの芯に感じて、桔梗はおおきな声で喜悦をもらした。

「よいのだ。いくらでもおおごえをあげろ。ぜんぶ天がきいてくれる」

天竺《てんじく》の歓喜天《かんぎてん》のごとく韃靼人の腰にまたがり、桔梗は天に咆哮《ほうこう》した。切なさと甘美さが肉体のうちでとけあい、からだが空中にうき上がり、熱い蜜の空気を飛翔していた。

気がつくと、すべてがおわって、青空がひろがっていた。

草にねころんで、二人は春の空を見上げた。

ここちよい春風に吹かれながら、ゆったりした時間をあじわった。

やがて衣服をととのえ、ハトロアンスは立ち上がると、あたりで手頃な小石をいくつか拾った。石にも気にいるものと気にいらないものがあるらしく、手で重さをはかったり、しげしげと形をながめて選んでいる。

小石をひろうと、韃靼の鷹匠は、あたりを見まわした。
二、三十羽の真鳩が、豆を撒いたあたりの地面をついばんでいる。
鷹匠は無造作に投げたが、小石は風を切ってうなり、みごとに一羽の鳩の首根に命中した。鳩は鳴き声もあげずにたおれた。まわりの鳩は気づかない。二つ、三つと石を投げると、いずれも確実に標的に的中した。四つ目を投げたとき、石がそれて地面にあたった。

その音で鳩はいっせいに舞い上がったが、あとには三羽の鳩がころがっている。

「持ってこい」

鳩を抱えると、まだふるえていた。痙攣している鳩もいた。桔梗から鳩をうけとると、鷹匠は、グイッグイッと、首を強くひねって殺した。

「確実に殺してやれ。鳩はそのほうがらくだ」

ハトロアンスは、鳩を馬皮の容器にしまい、腰にくくった。

小屋にかえると、鳩の首をもぎ、小刀で胸の肉を裂きながら、

「日本人はこの餌を丸鳩と呼ぶ。まったくなんにでも名前をつけたがる」

と、気持ちよい微笑をみせてくれた。桔梗は満たされていた。

鷹を小屋に閉じこめてから、ハトロアンスは、鷹の話をずっと桔梗にきかせてくれた。驚きと発見に満ちたその話は、どんなおもしろいお伽噺《とぎばなし》より、神秘的で刺激的だった。

「小屋にはいるときは、丸鳩を左手にして、すばやく戸を閉めろ。最初は闇で目が見えない。しばらくはじっとしていろ。だんだん闇に目がなれてくる。真っ暗な小屋だが、どこかに板の隙間があって、ほんのわずかの光がある。それと気配だ。キヤホウの気配を感じとれ。かならず架木《ほこぎ》にとまっている」

架木からは筵《むしろ》が垂らしてある。あばれて落ちた鷹を、はいのぼらせるためである。

韃靼の鷹匠は、舌で唇をなめた。

「ねずみの鳴き声をしてみろ」

いわれたとおり、桔梗は口でちゅうちゅうと真似《まね》た。

「それでいい。真似ようとおもわないことだ。自分がねずみだとおもえ。ねず鳴きしてそっと丸鳩を差し出せ」

ハトロアンスは、鷹への近づき方を、なんども話した。

「こっちが焦ることはない。腹が減っているのは、キヤホウのほうなのだ。そっと下から差し出せば、かならず足で鳩をつかむ」

いわれたことを何度も頭で反芻《はんすう》して、桔梗はいよいよ臆病口に立ち、じぶんはねずみだと念じた。

戸を開いて外光が射し込んだとき、鷹は突然舞い上がって大きな羽音をたてた。闇にもどすと静かになった。ふたたび架木にとまったらしい。

桔梗は、闇になれぬ目で、小屋内の気配をさぐった。

たしかに架木に鷹がとまっている。かすかだが、鷹の息づかいがきこえる。

すり足で近づき、ねず鳴きした。しずかに、しずかに、臆病なほどしずかに近づいた。桔梗はちいさなねずみだった。心細げに、ちゅうちゅうと鳴いた。左腕はまっすぐのばしたままにしていた。

そろそろだ、そろそろだ、と、内心で気配をさぐりながらすすむと、がつんといきなりの衝撃で腕首をつかまれた。桔梗は鹿皮の手袋をしているうえ、左腕は晒《さら》し布をていねいに厚く巻いて保護しているため、危険はなかったが、それでも心臓がどきどき高鳴った。

闇のすぐそこで、鷹が鳩をついばむ音がきこえる。嘴《くちばし》で肉を裂き、骨をくだいている。

教えられていたように鷹から鳩をはずすと、桔梗は足早に小屋をでた。

ハトロアンスは腕組みをしたままうなずくと、しばらく鷹小屋をながめていた。

「なんという名にしたいのだ？」

名前のことなど、すっかりわすれていた。桔梗は、鷹に初めて餌をやった興奮でうわずっていた。

「どんな印象のキヤホウだった」

そういわれても、どんな鷹だったか、桔梗にはよくわからない。

「目を閉じてみろ。なにを感じる？」

いわれたとおり目を閉じたが、なにも感じない。

「ゆっくりと息をすえ」

深呼吸すると、闇が澄んだ気がした。

「なにを感じる？」

瞼《まぶた》のうらの闇の宇宙に、桔梗は小さな赤い炎を感じた。

「火です」

「ならばそういう名前にしろ。韃靼では、火のことを、トアという。いい名前だ」

韃靼の鷹匠頭は、血色よく満ち足りた顔でそういった。

ハトロアンスと暮らして、桔梗はさまざまな叡知《えいち》を学んだ。韃靼人の智恵は、地の草木、動物から天の運行におよんでいた。

馬で山道を駆ける練習もさせられた。

鷹を調教するには、長い時間がかかる。鷹の調教は、忍耐がすべてであった。

鷹は、気性が激しい。

ともすれば、飢えて死ぬ道を潔しとする生き物である。矜持《きょうじ》が凜《りん》と翼にみなぎっている。

鷹をしたがわせるには、いくつもの段階を踏む。

飢えさせて餌をあたえるのは、調教の基本だった。

小屋でならしてから、満月の夜、外に連れ出し、鳩を食べさせてやった。そうやって、自分の餌をおぼえさせていく。

夜になれば、つぎは昼、外に出す。

しだいに小屋の外にいる時間をながくしていく。足につけた革をにぎっていれば、逃げられることはない。

「日本人の鷹匠は長い縄をつかうが、おれのやり方はちがう」

そういって、ハトロアンスは、鷹の翼のしばり方を教えてくれた。翼をしばられた鷹は遠くへは飛べない。

その状態でしだいに馴《な》らしていく。

季節はめぐり、月日がながれた。信貴山の山中に、蟬《せみ》しぐれの夏がきて、鷹の羽根が抜けた。秋になって、新しい羽根がはえそろった。

そのあいだ、桔梗はずっとトアといっしょだった。食事をしているときでさえ、桔梗の右腕には、トアがとまっていた。ハトロアンスは、二足《もと》の鷹の世話をやいた。

冬がきた頃、トアは、もう桔梗といっしょに狩ができるほどになじんでいた。

十月になって、トアと二足の鷹を野にだした。

藪《やぶ》から雉《きじ》を追い立てると、トアは素速く飛んであやまたず爪でつかんだ。

羽根をむしった雉を囲炉裏で焼き、塩をふってむさぼり食った。いつもは酒を呑《の》まないハトロアンスが、この夜は、濁り酒を呑んだ。

「酒を呑むのは、キヤホウが最初の獲物を捕った夜だ。人生でこんなすばらしいことはない」

桔梗もとても愉快だった。自分が調教したトアが獲物を捕ったのだ。トアが四羽の雉を捕り、三足のなかでいちばん多かった。桔梗は、大きな希望を手にした気がした。

ある日、ハトロアンスが、いつになくひややかな顔と声でいった。

「これから秘術を教える。教えてよいのは、妻と子にだけだ。おまえが子を生んだら、男でも女でも、この術をつたえよ」

朝、そういい残して出かけ、屋敷にもどったのは夜もふけてのことだ。

大きな麻袋を背負っていた。

「手伝え。これが新しい餌だ」

ハトロアンスは無造作に、袋の口紐《くちひも》をほどくと、地面に人間の死体をころがした。

月明りに照らされた若い男の屍《しかばね》は、ほんのりと青白くうきあがっている。

「トアは、もう八日、食べていない。これを小屋に入れて、屋根の嵐窓《あらしまど》から月の光を入れてやれ」

死体は、胴体を厚い筵で縛って、顔と首だけだした。三日目に死体を外に出すと、顔の肉はトアの鋭角の嘴で無惨についばまれていて、屍が自分と同じ生き物だったとは、到底おもえなかった。

腐乱しはじめた死体は、ハトロアンスが夜更けにどこかに運んでいった。

そんな〝詰め〟を、なんどかくりかえした。

しばらく死体を運んでこないと思っていると、こんどは生きた人間を一人連れてきた。

両手は太い縄で後ろ手に縛り、頭には、黒布の袋をかぶせてある。

「火も付ければ、人も殺して銭と女を奪う極悪人だ。殺せば、世の中から感謝される」

話がきこえたのか、男が身をすくめた。

トアを小屋に十日以上閉じこめて飢えさせ、月のある夜を選んだ。

男を、杭に縛り付けた。

桔梗は、右腕にトアを据えて、羽を撫でてやった。腹を減らしたトアは、悲しげな目で喉を鳴らした。

猿ぐつわをかまされた男の目が、恐怖に見開かれた。

「あいつだ！　あいつを喰らえ！」

桔梗が、男を指さして大声で号令をかけると、トアは、まっすぐ極悪人の顔をめがけて飛び、鉄鉤《てつかぎ》のごとく太く鋭い爪で喉を切り裂き、嘴で男の顔をついばんだ。血がほとばしるのもかまわず、その肉をむさぼった。

ハトロアンスは、何日かおきに、どこからか、男を縛って連れてくるようになった。火付けだったり、強盗だったり、あるときは、金貸しをする因業《いんごう》な坊主だったりした。

トアは、桔梗の号令一下、すぐに人を襲うようになった。桔梗がまっすぐに左手で指さして、

「あいつだ！　あいつを襲え！」

と、叫びさえすれば、トアは果敢に飛行して、指さされた人物の喉を引き裂き、目をえぐり出すようになった。

最初のうちは、標的を杭に縛っておいたが、やがて、自由に逃げ回らせても、トアは自分の獲物を間違えないようになった。トアの爪は太く生《は》えそろい、襲われた人間は、例外なくたちどころに喉を切り裂かれ、肉をついばまれた。

夏と冬がすぎたころ、トアは、ひときわ逞《たくま》しい鷹に成長していた。

三

鷹の調教がととのうと、どうやって信長に接近するかが問題となった。

「明人の楽人をたくさん雇え。銅鑼《どら》と太鼓と爆竹で、にぎやかに安土城下にはいろう」

「なんと称してだ」

弾正がたずねた。

「韃靼総王アルタン・ハーン様の鷹匠頭ハトロアンスが、遠路はるばる安土の信長殿にご挨拶《あいさつ》にうかがった、とふれまわればよかろう」

「ふむ、それで？」

「鷹とともに安土の城下に入り、武井夕庵《たけいせきあん》あたりに取り次ぎ奏者をもとめ、謁見を打診するのだ。天王寺屋や宍喰屋《ししくい》あたりにも、うんと金をやって、おれについてよい噂を広めさせろ」

その方面は、油屋道琳が資金をふくめてうけもつことになった。

「鷹どもの拝謁がかなえば、その場ですぐ決着をつける。献上品を忘れるな。海《ハイ》東青《トンチン》を連れてきたと告げさせよ」

海東青は松花江《しょうかこう》流域に産する名高い鷹で、中国では、この鷹をもとめて戦争がおこり、契丹《きったん》などは、皇帝が海東青を溺愛したため国が滅びたといわれている。鷹好きの信長が、またとないこんな珍物を見逃すはずがない。

ハトロアンスの計画は、そのまま実行にうつされた。

荷運びの人足や警護の侍から楽人まであわせると六十人ばかりにもなった一行は、桜の季節に近江に入り、にぎやかな楽曲をかなでながら安土城下をねり歩いた。

韃靼人鷹匠頭の表敬訪問は、信長にききとどけられた。

「お館《やかた》様は、本丸弓場においでだ。主人のみ参上せよ。供の者は城下百々橋《どどばし》のたもとで待て」

「かしこまってそうろう。されば、こちらの女はわが妻にて、海東青《ハイトンチン》をみごとあつかいまする。ぜひ同道をおゆるしくだされ」

使番の武士が、右の拳に鷹を据えた桔梗をながめた。

桔梗は、韃靼の女が馬に乗るときの服を着ていた。長い二股の裾《すそ》を、足首でくくっている。ハトロアンスが絵を描いて、桔梗が縫った。真っ白な絹の薄衣のうえに、目にもあざやかな緋羅紗《ひらしゃ》の胴長羽織をかろやかに羽織っている。黒羅紗の帽子に可憐な薄紅の花を飾っている。

「韃靼では、右の拳に鷹を据えるか？」

日本の鷹匠なら、左の拳に鷹を据える。

「はい。馬の手綱を左手で持ちますゆえ、右の拳に据えまする」

侍はすこし考えて、許可をあたえた。

桔梗の心臓はいまにも破裂しそうだった。鼓動の高鳴りが侍に悟られまいかと冷や汗がながれた。

安土城の大手門から、広い石段が山頂にのびていた。

石段の両脇には、山肌を削った堅牢な石垣の上に、武家屋敷がならんでいる。どの屋敷の門前でも、武装した屈強な兵士が警戒している。

どっしりした石組みの黒金《くろがね》門をくぐると、山頂がちかかった。

城はまだ普請《ふしん》がさかんで、石や材木を運ぶ人足がひっきりなしに往来している。要所要所を、若く聡明そうな兵士が固めている。

本丸の御殿は壮麗だった。

その脇に、弓場があった。

信長は片肌を脱いで、弓を引いていた。

「ここにひかえておれ」

弓場のはずれに、侍がハトロアンスと桔梗をみちびいた。

信長の背中がすぐむこうにある。

じっとひざまずいたまま、桔梗とハトロアンスは、信長の背中を見ていた。

何本かの矢が、風のうなりとともに正確に的《まと》を射た。

――信長がこちらをふり向いた瞬間が勝負だ。

ハトロアンスは、そのときの気迫の込め方や、腹の据え方、相手の睨み方など、ここまかに、教えてくれていた。

――人間ではない。トアの餌《えさ》だとおもえ。

かたわらの韃靼人の目が、無言でそう語っている。

信長は、矢を放ちつづけた。

永遠よりはるかに長い時間がながれ、桔梗は、息がくるしくなった。冷たい脂汗《あぶら》が背筋をつたっている。

弓を小姓《こしょう》にわたして、信長がこちらをふり向いた。

桔梗は反射的に立ち上がり、信長に向けて左手の指を突き出した。右の拳には、トアが戦闘的に翼をひろげて身がまえている。

信長は、人間には見えなかった。桔梗の目に映った信長は、のっぺりした蠟《ろう》細工のようで、生きている実感がない。

そのくせ、切れ長の目からは、身も心もすくむほど強烈な光が、桔梗に向けて放たれている。人間より、むしろ妖怪変化に近い生き物だと瞬間的に感じてしまった。

——かなわない……。

桔梗は、萎縮し、戦わずして負けてしまった。

信長に向けて、まっすぐに指を突きさしたまま、声が出なかった。

トアは、身がまえて、号令さえあれば、標的に襲いかかる準備が調《ととの》っている。

こらえきれずに叫んだのは、ハトロアンスだった。

「あいつだ！　あいつを襲え！」

トアは、狼狽した。主人である桔梗の顔色をうかがううちに、襲撃の機会を逸していた。

信長の近従は、韃靼人鷹匠夫婦の行動の異様さに機敏に反応した。

「狼藉《ろうぜき》者だ！」

「捕らえろ」

すぐに数人の小姓や若侍が異国の鷹匠夫妻を取りおさえた。

「石牢に入れておけ。あとで詮議する」

信長は、なにごともなかったように、また弓を引いた。

その矢は、正確に的の中央に命中した。


石牢は、ひんやりして狭かったが、二人が寝そべるのに不自由するほどではなかった。天井に小さな格子窓があり、そこから夜か昼かがしれた。夜は一枚の筵《むしろ》に寝た。

牢に入れられたその日から、ハトロアンスはどこかに連れ出され、拷問でいくつもの青あざや切り傷をつくってきた。ときには火箸《ひばし》による火傷《やけど》の赤黒くただれた傷があった。生爪がはがされていたこともある。

連日、拷問がつづいた。夜明けに連れ出されると、もどってくるのは、いつも夕暮れだった。

ハトロアンスは、日ごとに消耗していった。

食事は、夕刻に老人が運んでくる握り飯がひとつと、椀に一杯の水だった。体力の回復はのぞむべくもない。桔梗は、手当をしたかったが、どうすることもできなかった。なすすべもなくハトロアンスの頭をひざにのせ、手でやさしく全身を撫でるしかなかった。

丸かった月がきえてまた新しい月がめぐってきた頃、ハトロアンスは口もきけないほど衰弱していた。

「どうか、わたしが信長めの殺害を懇願したとお話しくださいませ」

鷹匠は力なく笑うと、腕で桔梗を抱いた。

「いとしい妻よ。そんな悲しいことのできるはずがない」

桔梗は嗚咽《おえつ》がとまらなかった。

「わたしが国を出たのは、鷹に将軍を襲わせたからだ」

ハトロアンスが初めて身の上話をした。

「卑劣な将軍は、わたしの妻を凌辱した。妻はすぐに喉を突いて死んだ。それが二番目の妻だ。若い頃の最初の妻は、女真族《じょしん》の兵に凌辱され、首を折られて死んだ。もう、妻を失いたくない」

ある日、夜になってもハトロアンスがもどってこなかった。

いつも握り飯を運んでくる老人が、灯明を一筋灯《とも》してきた。

「ご亭主は、石撃ちで成仏した。そう伝えよと、お館様がおっしゃったそうだ」

老人がのこしていった蠟燭の光を見つめ、桔梗はずっと涙がとまらなかった。

三月目にようやく牢から出されると、桔梗は湯浴みをさせられた。城の若い女たちが、七、八人もかいがいしく立ち働いて、桔梗のからだのすみずみまで丁寧に洗った。

白絹の襦袢《じゅばん》と香を焚き込めた綾絹《あやぎぬ》の小袖を着ると、座敷に膳が運ばれてきた。

豪華な膳には、みごとな真鯉が南蛮風に揚げてあった。まだ湯気がたっている。

桔梗は、女たちに会釈《えしゃく》をしてすなおに箸をとった。味噌仕立ての鯉汁を飲むと、石に冷えたからだがあたたまった。

夜、手燭をかかげた女にみちびかれて、館の奥に行った。

信長の寝所らしかった。

信長は、部屋の真ん中に、悠然とすわっていた。

侍女が下がると、桔梗はひとりで獰猛《どうもう》そうな男の前にのこされた。信長は怜悧《れいり》な眼差しで桔梗を見すえた。

目の光に初めて顔を合わせたときと同じすさまじい威圧があった。

「着物を脱いで、横になれ」

桔梗はいわれるままに帯をといた。腰の湯文字《ゆもじ》の紐《ひも》に手をかけたとき、さすがにためらった。

「湯文字もはずすのだ」

冷厳な信長の声がひびいた。

すべてを脱ぎすて、やわらかい綿をつめた木綿のしとねに横たわると、信長は手燭をかかげて近づき、まず、右手で桔梗の頬をしっかりつかんで、顔をしげしげとながめた。

桔梗の美しさは、堺でも評判だった。

「おまえの器量には、しばしば男が狂うたであろうな」

呟きながら、信長は立ち上がって、全裸の桔梗を見おろした。

桔梗には、自分のすぐ真横に立っている男が、邪鬼に見えた。

手燭で桔梗のはだかの乳房を照らし、ぎゅっとつかんだ。あちこち点検するように、照らしては撫でさすり、ときにつまんだり、つかんだりした。

脚をひらかされ、なんの前ぶれもなく女陰《ほと》に指がさしこまれた。襞《ひだ》の一枚一枚がまさぐられ、点検された。

その夜、信長は三度、桔梗とまぐわった。桔梗はいちども声を立てず、目をかたく閉じ、歯をくいしばって耐えた。自分の肉体を這《は》いまわる信長の手が、忌《い》まわしい運命そのものに思えた。

桔梗は本丸御殿に部屋をあたえられ、しずかに暮らした。

何人もの侍女がかしずき、食事は琵琶湖《びわこ》の魚や小海老が豊富だった。

ふだんの見張りはついていないので、本丸内なら自由にどこにでも行かれた。本丸のすぐ下は急な石垣で、降りられそうにない。厳重な柵があり警備の兵がいつも二、三十人は詰めている。逃れられるとは思えなかった。

信長はなにもたずねなかったし、桔梗は口をきかなかった。ただ、無言で肉体のちぎりを結んでいた。

ある満月の夜、月光をあびて深く数回まぐわったあと、信長がめずらしく語りかけた。

「そのほうは、堺茜屋のむすめであるといったな」

「さようにございます」

「ならば、堺にもどった茜屋宗佐の潜伏場所を密告したのが、松永弾正であることを知っておるか」

桔梗は背筋が凍りついた。

そのまま裸身をかたくして、じっと動かなかった。

天正《てんしょう》五年（一五七七）、信長は、石山本願寺の攻略に、十万の兵を派遣した。

新しい攻城用の砦を五十以上も築き、しきりに攻めかけたが、本願寺門徒は必死に防戦した。鉄砲のうまい雑賀《さいか》門徒が大勢おり、最前線まで出馬した信長が、雑賀兵に狙撃され、足に負傷したほどの激戦がつづいていた。

八月の半ばすぎ、信長がめずらしく血相を変え、安土城の桔梗の部屋にあらわれた。

「松永の爺が、また謀叛《むほん》をしたぞ」

信長に降伏して頭を丸めた弾正は、佐久間信盛麾下《きか》として、石山本願寺包囲陣に参戦していた。

天王寺の砦で城番にあたっていたが、信長の主力が北陸の上杉謙信南下にそなえて転戦した虚をついて、突如として兵を退き、大和の信貴山にたてこもったのだという。

「あの三悪爺、小癪《こしゃく》にもまだ三百騎の郎党と八千の兵がおる」

松永弾正が、先君の三好義長《よしなが》を毒殺し、将軍足利義輝《よしてる》を討ち果たし、奈良の大仏殿を焼き払った三大悪事の男だとの評判は、むろん堺でもよく知られていた。

そんな悪党でなければ、信長を殺せないと思っていたからこそ、桔梗は側女《そばめ》になったのだ。

「大和を攻める。信忠《のぶただ》に三万の兵をあたえて行かせる。光秀《みつひで》にもすぐ行かせる。おまえがついて行きたければ、行ってよい。馬と役にたつ若侍を何人か選ぼう。あの鷹も連れていけ。わしの鷹匠にたいせつに世話をさせてある。あれは強くてよい鷹だ。おまえに逢いたがってさみしがっていると鷹匠がいうておった」

信長は、桔梗に仇討ちの機会をくれるつもりらしい。

安土城を出発する前の夜、信長は桔梗を茶室に招き、みずから亭主となってもてなした。

青竹を伐《き》った灯明のもとで、信長は菓子をふるまい、茶を点《た》てた。

「おまえの父はよい面構《つら》えの男だった。あの牢に入れておいたが、咎《とが》をすべてかぶるつもりで、自分が嘆願の筆頭人だといいおった。訴人《そにん》がなければ、生かしておきたい男だった」

桔梗は、頭の芯を揺すぶられるほど強い眩暈《めまい》をかんじた。

信貴山は、鋭角に尖《とが》った山だ。

山頂一帯七方にのびる大小の峰が本格的な要塞地帯として構築され、松永屋敷はいちばん大きな峰にあった。柵が幾重にもめぐらされ、堀切が道を遮断し、畝《うね》堀から城兵が駆け下りてくる。攻めにくい城だった。

十月一日、松永弾正の重臣海老名勝正《えびなかつまさ》、森秀光《もりひでみつ》の籠城《ろうじょう》する大和片岡《かたおか》城を、明智《あけち》光秀、細川藤孝《ほそかわふじたか》、筒井順慶《つついじゅんけい》らの軍が攻めた。

数刻のうちに片岡城は落ちた。守備兵の討ち死には、七、八十人とも、百五十人とも記録されている。

三日になって、討伐軍は信貴山城に近接し、陣を張った。

包囲戦が七日間続いた。

山腹の建物はあらまし信忠軍に焼かれたが、城兵はまだ意気が高かった。

――平蜘蛛《ひらぐも》の茶釜を差し出せばこのたびの狼藉《ろうぜき》を許す。

との和睦《わぼく》勧告文書が信長から届いたが、弾正はとりあわなかった。

弾正は、摂津《せっつ》石山本願寺に援軍依頼の密使を送った。

密使に立ったのは、かつて筒井順慶の家臣だった武将だ。石山本願寺には行かず、弾正と敵対する筒井順慶の陣に行った。

順慶は、兵二百を選び、本願寺からの援軍だと偽らせた。摂津までの往復時間をかんがえて、密使は三日目に兵を連れて城にもどった。

二百人の兵は、夜半にやすやすと信貴山入城をはたし、味方だと偽って城内に待機した。

包囲軍が、鬨《とき》の声をあげれば、呼応して内部から暴れ回る手はずだった。

翌朝、鬨の声が、山にどよめいた。順慶の兵が城館に放火し、門を内から開いた。

弾正はついにおのれの最期を悟って、天守の望楼から駆け下りた。

煙硝蔵に駆け込んで、火を放ち、平蜘蛛の茶釜とともに爆死するつもりだった。

漆喰《しっくい》で塗り込めた蔵の板戸に手をかけたとたん、矢のように鷹が飛来した。

包囲軍に陣借りした桔梗は、トアにさとすように語りかけたのだ。

「おまえは、弾正の顔を覚えているね」

人間の言葉など理解できるはずはないのに、トアは、喉を鳴らして、桔梗にこたえた。

「わたしはあの男が憎い。襲っておくれ」

トアは、大きく翼をはばたかせ、信貴山城めがけて飛んだ。城の上空を旋回し、あやまたず弾正を見つけると、天空から垂直に襲いかかった。

「グッ！」

弾正がうめき声をあげる前に、鷹は、鉄鉤のごとき爪で正確に喉を切り裂いた。地に倒れてもだえる弾正の喉を、鷹は白刃よりするどい大きな嘴《くちばし》でさんざんついばみ、目玉をえぐり、それをくわえて飛び去った。

弾正は抵抗するすべもなく、悶死《もんし》した。

煙硝蔵は、その直後、飛んできた火矢のため、紅蓮《ぐれん》の炎を天に噴《ふ》き上げて爆発、大炎上した。

信貴山城は、数日間燃えつづけ、一切が灰燼《かいじん》に帰した。

その後の桔梗の消息は、杳《よう》としてしれない。

安土《あづち》の草

一

昨夜から、粉雪が舞っていた。

朝餉《あさげ》をすませると、庄九郎《しょうくろう》は小屋掛けの作業場に小さな火を起こし、手をあぶりながら鑿《のみ》を握った。

兄弟子のうちの二人は、棟梁岡部又右衛門《おかべまたえもん》の供として、信長の屋敷に出かけている。

あと二人の兄弟子は、番匠《ばんじょう》（大工）小屋で道具の手入れをしている。

庄九郎はあぐら坐りの股に桑材《くわ》をかかえこみ、墨壺《すみつぼ》づくりに没頭していた。

ふと、視線を感じて顔を上げると、すぐそこに楓《かえで》が立っていた。

「またやってるの。精が出るわね」

微笑んではいるものの、どこかに蔑《さげす》みの色がある。庄九郎はうつむいて鑿を握りなおした。

「あんた、ほんとに番匠仕事が好きなのね」

楓が、蓮《はす》っ葉《ぱ》に言った。

庄九郎は答えず、右手に力を込めた。桑の木は硬いが、よく乾燥しているので、ほどよい力さえ込めれば小気味よく削れる。

「そんなもの、ひとつあればいいじゃない。墨壺なんか五つも六つも持っているくせに」

自分が思い描いたとおりに木が削れれば、いくつも墨壺をつくったりはしない。どこかが微妙にちがうのだ。いままで作ったものでも、墨壺として使う分には、まるで問題などない。木挽《こび》きの連中にでもくれてやれば、たいそうありがたがるだろう。

しかし、庄九郎は満足していなかった。握ったときの手への馴染《なじ》み方に、ほんのわずかだが不満があった。いささかでも不満があれば、糸を繰り出して材木に墨を打つとき、澱《おり》のようなためらいが残る。そのためらいは、いつまでも尾を引き、建物が完成したあとでさえ、小さなわだかまりとなって悔いをまとわりつかせる。

「これを見てみろ」

庄九郎は、脇に置いてあった藍《あい》染めの布を手に取った。布をひらくと、手垢《てあか》で黒光りした墨壺が出てきた。

「汚いわね」

「持ってみろ」

楓が手を伸ばした。

「どうだ」

「どうって……」

「持った具合だ」

楓は墨壺を掌《てのひら》にのせ、重さを量《はか》るように、二、三度小さく上下させた。

「左手で握れ」

言われたとおりに、楓《かえで》は持ち替えた。

「しっくりと手に馴染むだろう」

「よくわからないわ」

「使ってみればすぐにわかる。又右衛門殿のような天下一の名人でなければ、こんな墨壺は作れない」

「いつもそればかり。又右衛門殿、又右衛門殿……。棟梁はたしかに天下一の名人かもしれないけど」

楓は顔を曇らせたが、それでも思いのほかていねいに墨壺をかえした。横を向いて、所在なげにあたりを眺めている。

番匠の作業場である。広いだけで、殺風景な小屋掛けの下に、さまざまな種類、大きさの木材がならんでいる。

息をすれば、鼻腔いっぱいにかぐわしい檜《ひのき》の香りが広がる。

外に積み上げた材木には、粉雪が一寸（約三センチ）ばかり積もっている。雪はまだやみそうにない。

楓はしゃがむと、庄九郎に顔を近づけた。

「わたしはあなたが好きよ」

紫陽花《あじさい》色の小袖は垢染《あかじ》みているが、飯炊き女にしては、端整で美しい顔が、庄九郎のすぐ目の前にあった。

「あなたがあの棟梁の腕に惚れ込んだのも、よくわかっているつもりよ」

大きく潤った瞳で、楓は庄九郎を見つめた。納屋の暗がりで抱かれてあまえるとき、楓はよくそんな瞳になる。

庄九郎の首に腕をからめると、楓は頬をすり寄せ、耳元でささやいた。

「でもね、あなたはほんとうは番匠じゃない。番匠よりもっと大切な仕事がある」

「わかっている」

楓は、いたずらっぽく庄九郎の耳たぶを嚙《か》んだ。

「あなたの好きな天下一の棟梁が呼んでるわ。なにか大きな作事（工事）がはじまる

っぽく、庄九郎には哀れに思えた。
　立ち上がると、楓は明るく笑って見せた。頭に巻いた桂《かつら》包《づつみ》からほつれ出た髪が埃
みたい」
「信長様から大仕事を仰《おお》せつかった」
　織田信長の御大工棟梁岡部又右衛門は、たったいま稲葉山《いなばやま》山麓の信長屋敷から戻っ
たばかりで、黒烏帽子《えぼし》に直垂《ひたたれ》の正装で、囲炉裏の脇に坐っていた。供をしてきた二人
の兄弟子も、正装のままで腰をおろしている。一座には緊張した空気があった。
「われらの手で、近江《おうみ》の安土《あづち》に新しい城を造ることになった」
　弟子たちがざわついた。
「安土」などという地名は、だれも聞いたことがなかった。
「常楽寺《じょうらくじ》の海（琵琶湖《びわこ》）に小さな山があるだろう。観音寺《かんのんじ》城の西の峰続きだ」
　観音寺城は、信長が追い払った近江守護佐々木六角《ろっかく》の居城だった。
　その峰続きの小さな山なら、信長に付きしたがって岐阜と京を頻繁に往復している
弟子たちは、みんな知っていた。おだやかな三つの峰があるなんの変哲もない小さな
山だ。山は、楔《くさび》の形に琵琶湖に突きだす半島になっていて、地続きの部分は葭《よし》の茂る

沼地だった。あの沼を掘って堀《ほり》とすれば、浮島のような城ができる。

「信長様は、天下布武《てんかふぶ》のため、あの地を安土と名付け、本城を移される。年明け早々、われわれも安土に移れとのご下知《げち》である」

すでに師走だった。ひと月後には、この岐阜から近江に移らなければならない。

「急な話でございますな」

一番弟子の甚右衛門《じんえもん》がたずねた。

「ここ岐阜のお城は、すでに嫡子《ちゃくし》信忠《のぶただ》様にお譲りなされ、信長様は茶道具だけたずさえて御城下佐久間《さくま》様の御屋敷に仮住まいなさっておいでだ。一日も早く、安土に館《やかた》を造れとの厳命であるわい」

信長の家督相続が完了しているなど、弟子たちには初耳だった。岐阜の城をあっさり譲ったところに、信長の気迫が感じられた。

「築城奉行にはどなたがおなりで？」

二番弟子の新右衛門《しんえもん》がたずねた。

「総奉行は丹羽長秀《にわながひで》様だ。普請《ふしん》奉行が木村治郎左衛門《じろうざえもん》様、大工奉行に村井貞勝《むらいさだかつ》様。わしは村井様のもとで、御大工頭《がしら》となる。ことに天守に心をつくせと、信長様じきじきのお言いつけだ」

弟子たちがいっせいに歓声をあげた。

何人もいる信長の御大工のなかで又右衛門が大工頭に選ばれたのだ、こんな名誉なことはない。

「棟梁、まことの天下一におなりでござる」

「ちょっと待て。棟梁の御出世じゃ、めでたいにはめでたい。しかしな」

甲高い声をはさんだのは、又右衛門のうしろに坐っていた倅《せがれ》の以俊《もちとし》である。庄九郎と同じ酉《とり》年の生まれで、どこがというわけではないが、庄九郎はなんとなく疎《うと》ましいものを感じていた。

「よいか、信長様のお城であるぞ。とてつもなくどでかい代物《しろもの》だ。番匠もむろんわれらばかりでない。諸国から大勢の工人を集め、何千人、何万人もの人足どもをつかうのじゃ。いささかでも気の緩みがあれば城は建たぬ。そうなれば、われらが笑いものとなる」

一同が真顔で大きくうなずいた。

「信長様は天守に、どのような作事をご所望でございますか」

作事とは建築物の工事をさし、普請《ふしん》といえば主に土木工事の意味で使われた。

「そのことだ」

棟梁又右衛門は囲炉裏脇で脚を組み替えると、にやにや笑って、あごひげを撫《な》でた。

「甚右衛門、おまえがかかわった作事でいちばん大きいのはどの館だ」

「なにをおっしゃる。棟梁はよくご存じのはず。千畳敷の御屋敷にきまっております」

ここ岐阜の稲葉山山麓にある信長屋敷は、千畳敷と呼ばれるほど広い。堅固な武家造りで、岐阜の町を睥睨《へいげい》する四層の望楼があるが、無骨一辺倒ではなく、書院もあれば茶室もある。又右衛門会心の作事だった。

「あの御屋敷だって、べつにわしが建てたわけじゃない。ぜんぶ棟梁がなさった仕事だ」

甚右衛門のことばに、又右衛門が笑ってうなずいた。

「新右衛門、おまえの仕事で、いちばん難しかったのはどれだ」

「さて、どの仕事も難しゅうござったが、わっしにはやっぱりあの船かな」

「ああ、あれは難儀をしたな」

忘れもしない二年前の元亀《げんき》四年（一五七三）五月十五日、岐阜から上洛途上の信長は、近江佐和山《さわやま》で、随行していた又右衛門を呼びつけた。

参上すると、信長は床几《しょうぎ》に腰をおろして琵琶湖を眺めていた。

「又右衛門、船を造れるか」

と言い出した。

「船……、でございますか」

「それも海を唐《から》に渡るほどの大きな船だ」

又右衛門は、顎《あご》をひいて押し黙った。

できない——。

などと、答えられるはずがない。

しかし、造れる自信は微塵《みじん》もなかった。信長の御大工に取り立てられる前、又右衛門は尾張熱田《おわりあつた》神宮の御宮番匠だったのだ。船など造ったことはない。

「安心しろ。本当の海に出るのではない。この琵琶湖を坂本《さかもと》にわたるだけだ。ただし、大きな船がいる。兵を二、三百人乗せられる船を造れ。百挺櫓《ちょうろ》はほしい。熱田の湊《みなと》にそだったおまえなら、できぬことはあるまい」

立ち上がると、信長は手ごろな木の枝を拾って、砂浜に城のごとく巨大な軍船の絵を描いた。

たしかに、又右衛門は熱田で海と船を見ながらそだったが、そんな巨大な軍船は、見たことも聞いたこともなかった。

「急ぐぞ。さっそく今日からはじめてふた月で造れ。京の動きがあやしい。ちかいうちに義昭《よしあき》がかならず挙兵するであろう。それに間に合わせるのだ」

又右衛門は大きく目を見開いて、砂に描かれた軍船を網膜に焼き付けた。

すぐさま熱田湊から船大工を呼び寄せた。

自分でも船の構造を研究し、うるさいほど船大工たちを督励し、夜を徹して仕事をした。

「宇治槙島《うじまきしま》にて義昭挙兵」

の第一報が佐和山に届いたのは、七月四日深夜。艤装《ぎそう》や内装は未完成だったが、とにかく五日には進水させ、一日だけ船底の水漏れ確認や船縁《ふなべり》の装甲造作に時間をもらった。

又右衛門はげっそり痩《や》せて、幽鬼のごとくなりながらも、結果的に、約束より十日早く、長さ三十間（約五四メートル）幅七間の百挺櫓の大型船を進水させたのだった。

進水の二日後、信長はその船で琵琶湖をわたり、足利《あしかが》将軍義昭の追討にむかった。

「あれは難儀な大仕事だった」

又右衛門は思い出すたびに冷や汗が流れる。義昭挙兵の追討に間に合わなければ、番匠ながら詰め腹を切って詫《わ》びるつもりだった。

「こんどはもっと大仕事だ。これまでにない天下一の天守閣を築けとの仰せである。わしはな、七層の天守を建ててごらんにいれると約束してきた」

「七層……」

弟子たちは息をのんだ。

とんでもない高層建築である。

当時の木造建築は、木組みの構造と木材の強度の積算上、四層が限界だった。

人がかかえきれないほど太く、天を貫くほど長い良質な檜材がふんだんに手に入った飛鳥《あすか》、天平《てんぴょう》のいにしえならいざ知らず、そんな良材は、法隆《ほうりゅう》寺、東大《とうだい》寺など奈良のあまたの伽藍《がらん》造営に乱伐され、信長の時代でもすでに手に入らなくなっていた。

太く長い木材の調達がおぼつかなければ、木組みの工夫で高さを稼ぐしかない。

ほんとうにできるのか――。

という言葉を、弟子たちはかろうじて喉《のど》に押しとどめた。

「庄九郎」

「はっ」

「おまえは大和《やまと》の生まれだったたな」

「さようでございます」

それは、又右衛門に弟子入りしたときの方便であった。正直に敵地甲斐《かい》の生まれだなどと告げたら、又右衛門が弟子に取り立ててくれるはずがない。

「松永弾正《まつながだんじょう》が焼き払う前、東大寺大仏殿はどれぐらいの高さがあった」

弾正が東大寺を焼いたのは、永禄《えいろく》十年（一五六七）十月。八年前のことだ。

「十五丈六尺（約四七メートル）かと」

「興福寺《こうふく》には、天平のむかし、九重の塔がそびえていたというな。高さは？」

「三十丈と伝わっております」

「ならば七層の天守など、さして驚くにあたらぬ」

棟梁又右衛門が、大きな黒目で庄九郎を見すえた。

「庄九郎ッ」

「はっ」

「このたびの築城、奈良の堂塔伽藍に通暁《つうぎょう》しているおまえに、たいそう働いてもらわねばならん。心して励んでくれ」

「かしこまって候《そうろう》」

手をついて平伏しながら、庄九郎は心が悪寒にふるえるのを感じていた。

庄九郎の宿命は、十四歳のときに定まった。

「おまえは、草にすることにした。大和に行き、興福寺の寺番匠となれ」

甲斐武田家の乱波《らっぱ》組頭にそう言い渡された。敵地に住み、何年でも命令を待つのが草の役目である。

「話はすでについている。お前はどこの生まれとも知れぬ孤児だ。腹をすかせて奈良をうろついていたところを、多聞山《たもんやま》の松永弾正殿に拾われた。弾正殿は、見どころのあるおまえを小姓《こしょう》に取り立てたが、性おとなしく手先が器用なので、どうも侍より番匠にむいていそうだ。そこで、興福寺の棟梁に預けることにした。そういう筋書きだ。しばらくは多聞山城で台所飯を喰わせてもらえ。大和の言葉がつかえるようになったら興福寺に行って番匠の修業を積め」

乱波の少年はうなだれて聞いていた。

「甲斐のことも武田のことも、すべて忘れろ。時機が来たら、新しい下知が届く。何年後かはわからぬ。それまで番匠としてはげみ、たっぷり腕を磨け。どこの大名でも、よろこんで迎えたがる番匠となっておれ」

十二人兄弟の九番目に生まれた少年の人生がその言葉で決まった。

少年はひとりで中山道《なかせんどう》を旅して大和多聞山城に行った。

しばらくして、松永弾正から興福寺寺座《てらざ》の棟梁に預けられた。興福寺には、ほかに釜口座《かまぐちざ》、一乗院《いちじょういん》本座、同新座、菩提《ぼだい》山本座、同新座の五座があったが、寺座は、なかでももっとも有力な番匠組織で、最下層の連《つれ》まで入れると、二百人もの工人がいる大所帯だった。

番匠仕事は面白かった。

木を刻み、伽藍を組み上げる仕事は、幼いころから一日の休みもなくやらされた乱波の鍛錬よりよほど庄九郎の性格にあっていた。

腕が上がり、松永弾正が後見人ということもあって、庄九郎は七年目に一人前の長《おとな》に取り立てられた。

長になってしばらくたったころ、黄昏時《たそかれどき》の仕事帰り、人気のない興福寺脇の道をひとりで歩いていると、向こうから来た旅の修験者《しゅげんじゃ》が、すれ違いざま、庄九郎の懐に小さな紙の玉を投げ入れた。

いぶかしく思いながら、松の陰で開いてみると、

『岐阜に行き、信長御大工岡部又右衛門の工人となれ』

と書かれていた。

末尾に乱波組頭の花押《かおう》があった。

庄九郎はあわててその紙を呑み込んだ。

忘れていた甲斐が、その短い文字の連なりでよみがえった。

せっかく水になれた興福寺で、このまま番匠をつづけていたい気持ちが強くしていた。しかし、下知にさからえるとは、まるで思わなかった。

自分の奥底深く流れる地下水脈が、ふと乱暴に水路を変えた――そんな印象だった。その流れに逆らうことは、自分という命が枯れることだと思えた。

ただ、岐阜にはまるでつてがない。どうすれば岡部家の工人となれるのか、見当もつかない。

二日三日と考えあぐねていると、興福寺の棟梁がこんなことを言い出した。

「美濃《みの》の信長という大将が、京に足利将軍様の御所を大急ぎで造営することになってな、番匠を集めているんや。奈良の番匠座からも夫役《ぶやく》を出さんならん。というても信長という大将は、えらく気が短いらしい。だれも行きたがる者がおらんで往生《おうじょう》しておる」

この話に、庄九郎は飛び付いた。

十人ばかりの連《つれ》をひきいて京に行き、勘解由《かげゆ》小路室町《むろまち》の建築現場に駆けつけると、すでに畿内《きない》近国十四カ国から数千人の番匠と人夫が集められ、戦場のような騒ぎになっていた。

御所造営の御大工棟梁は、京の池上五郎右衛門《いけがみごろうえもん》だったが、完成をよほど急いでいるらしく、信長自身が作事場に寝泊まりして陣頭指揮をとっていた。岡部又右衛門も信長にしたがって岐阜から上洛し、門や隅櫓《すみやぐら》の作事を担当していた。

御所普請奉行村井貞勝の家臣をたずね、奈良からの来着を報告すると、意外なほど慇懃《いんぎん》にねぎらわれた。

「遠路ご苦労だな。おまえのことは興福寺学侶別当《がくりよべつとう》から推挙を受けている。よい腕をしているそうだな。作事場では希望どおり岡部又右衛門の組を手伝ってもらおう」

気位の高い興福寺の別当が、庄九郎のことなど気にかけているはずがない。

甲斐から松永弾正を通じて、働きかけがあったにちがいなかった。

――見られている。

庄九郎は、顎《あご》をひいて唇をかみしめた。

番匠衆の改め帳を付けていた村井家の侍は、さらにこうたずねた。

「興福寺寺座を離れて信長様の番匠になりたいとの願いは殊勝だが、いったいなぜだ」

そんな願いを届けたことはなかったが、それも弾正からの手回しだと直感した。庄九郎は、自分の地下水脈を泳ぐ、執拗で獰猛《どうもう》な怪魚の影に怯《おび》えた。

「し、城を建てとうございます。天下に武を布《し》く信長様の御城大工として腕をふるいとうございます」

侍は、吟味するように、しばらく庄九郎をにらんでいた。

「よかろう。しかし、そればかりは棟梁岡部の裁量だ。じきじきに頼んでみるがよい」


初めて会った岡部又右衛門は、痩せて眼が鋭い男だった。上背がある。精悍な風貌のうちに、意志の強さが読みとれた。

挨拶《あいさつ》をすませると、庄九郎は連《つれ》に担がせてきた菰《こも》包みを開けて、一尺（約三〇センチ）四方の小さな堂を取り出した。

「仕事の合間に、造っておりました。腕を見ていただけるかと存じまして」

堂の四面に、観音開きの扉がある。

ひとつの扉を閉めると、ほかの三面の扉が開いた。

どの扉を閉めても、そうなるのである。それだけ細工が精緻《せいち》で、堂内の気密性が高いということだ。

鋭い眼差《まなざ》しで堂を点検していた又右衛門は、やがてつぶやいた。

「おまえ、ほんとうに奈良の生まれか」

庄九郎は、心臓が凍《い》てつくかと思った。

「まこと、大和の国の孤児でございました」

「こんなものを造りたがるのは、飛驒《ひだ》か甲斐か、山国の匠《たくみ》だがな」

又右衛門は、じっと庄九郎を見すえた。

庄九郎は、首筋を白刃《はくじん》でなぞられている気がした。

又右衛門はそれ以上はたずねず、庄九郎を弟子に取り立てた。

京での御所造営が、工期わずか二カ月で終わると、庄九郎はそのまま又右衛門につきしたがって岐阜に行った。

京にともなった連《つれ》たちは、奈良に帰した。

興福寺寺座の棟梁には、ていねいに詫び言《ごと》をならべた手紙を書いた。

又右衛門の家に行ってみると、幼いころから甲斐でともに乱波修業を積んだ楓《かえで》が、飯炊き女として働いていた。

それからでさえ、もう六年の月日が流れた。

二

天正《てんしょう》四年（一五七六）正月半ばから取りかかった安土山麓の信長仮屋敷が、かろうじて住める形になったのは、二月二十日すぎのことだった。

工期わずか四十日足らず。近在の寺院を取り壊して古材を使ったとはいえ、驚異的な突貫工事だった。

とにもかくにも礎石を据《す》えて柱を立て、床板を張り、屋根を葺《ふ》き、粗壁《あらかべ》を塗って、天井板をはめ込んだ。

屋敷内で畳師と建具師たちを指揮していた又右衛門が、馬のいななきの騒がしさにあわてて外に飛び出すと、信長だった。

「天守の絵図面はできたか」

屋敷の外をざっと眺めまわしただけで、信長は上がろうともせず、乗馬用の行縢《むかばき》のまま、まだ軒先に積み上げてある材木に腰をおろした。安土は、いつの間にか春になり、空気がゆるんでいた。

「用意してございます」

信長は食いつくほどの獰猛な目付きで、又右衛門の差し出した天守閣の絵図面の束に見入った。

「欲しかったのはこういう絵図だ。お前たちの図面では、出来上がりがわからぬ」

ふつう、番匠は建物の作事にのぞんで、指図《さしず》（平面図）しか作らない。

指図さえあれば、番匠の脳裏《のうり》には竣工した建物の姿が浮かぶ。

床、窓、長押《なげし》など、高さの基準は、長い尺杖《しゃくづえ》に目盛りを付け、木材を刻む際に、貫穴《ぬきあな》や仕口《しくち》の位置を決めればよい。

それと、一間《いっけん》の長さを何尺何寸にするかと決めた間竿《けんざお》があれば、立面図など作らなくとも、番匠はすぐに仕事に取りかかれる。

しかし、番匠でない信長には、指図を見ただけでは完成した姿がわからない。

そのため、安土城天守の作事に当たっては、まず、山麓から眺めた外観を、わかりやすい彩色の絵図面にせよとの命をくだしていた。

その際、信長は、

「安土の城は、唐天竺南蛮《からてんじくなんばん》にもない優美で華麗な数寄《すき》をこらせ。といって、脆弱《ぜいじゃく》に陥《おちい》ってはならぬ。剛毅さも失うまいぞ」

との注文をつけていた。

又右衛門は、自分でも数種の絵図を作成したが、倅《せがれ》や弟子たちにも描かせた。

その中から出来のよい数葉を選び、懐に用意していたのである。

絵図面を見ていた信長の顔が、何葉目かで、突然うれしそうに輝いた。

「これだ」

信長が満足げにうなずいている。

「この天守があの山にそびえれば、だれもがわしの天下を認めぬわけにはいかぬ」

信長が大きな絵図面をかかげて見せた。

それは、弟子の庄九郎が描いた天守の絵図面だった。

地上一層目の石垣は、力強く山頂に根を張り、二層目から五層目まではどっしりした蔵造り風の堅固な建築である。外壁は、下見板《したみいた》張りに黒漆を塗り、いかにも頼もしげだ。

各層の千鳥破風《ちどりはふ》と、五層目の唐破風《からはふ》の軒桁《のきげた》、軒瓦は、金に彩色され、重厚な中にも絢爛《けんらん》さが演出されている。

そして、なによりも目を引くのは、下五層のうえに載《の》った六層目、七層目の望楼の可憐さ、優美さであった。

六層目は、朱塗りの八角堂。

最上層には、金色に輝く唐様の望楼が載っている。

瓦は、翡翠《ひすい》のごとく鮮やかな青。

五層までの黒々とたくましい力強さとは対照的に、上部二層の楼閣は朱と金に輝いて、いかにもきらびやかで美しい。

そこに翡翠の瓦が映《は》え、天上界の仙女の館もかくあろうという、神韻縹渺《しんいんひょうびょう》たる雅趣が漂っていた。

天竺の仙界にならば、こんな玄妙な宮殿があるかもしれない。

絵図面の天守は、石垣から含めれば二十丈（約六〇メートル）の高さだ。安土山山頂は、地上から高さ三十丈だから、これだけ巨大で美しい天守が完成すれば、まさしく、天下第一の貴人にふさわしい城となるだろう。

「気にいった。気にいったぞ」

信長は掌で図面をなんどもなぞった。

「こんな素晴らしい城は唐天竺はおろか、南蛮にもあるまい。伴天連《バテレン》どもの腰を抜かす姿が、目に浮かぶわ」

信長は、満足げに又右衛門にたずねた。

「これはそのほうが勘考したものか」

「いえ、弟子の作でございますが、わたくしも、一目見た時にハッと突き動かされるものがございました。五層の櫓《やぐら》のうえに八角堂を載せ、さらにまた唐様金色の望楼を重ねるなど、古今東西未曾有《みぞう》の建築でございます」

「八角堂は奈良のものだな」

「さようにございます。法隆寺にはご承知の夢殿がございますが、興福寺にも北円堂《ほくえんどう》という八角堂がございます。これは、興福寺の寺番匠から取り立てた弟子が勘考いたしました」

その時、信長の眼が、妖《あや》しく光った。

「その男、まことに寺番匠であったか」

「と聞き及んでおりますが……。なにかお気にめさぬ点でも」

信長は安土山を見つめた。

山は桜が満開だった。

安土山の裾《すそ》には数百本の桜があり、その爛漫がぬるみはじめた湖水に映えて、春の気配をいや増している。

湖水には、陽炎《かげろう》さえたっていた。

「寺番匠には『堂を建てず、仏の入る伽藍を建てよ』との口伝《くでん》があるやに聞く。さほどに仏を崇敬《すうけい》する寺番匠が、ありがたい八角の堂を城に載せようなどと考えるであろうか……。山出しの小僧が、玄妙な八角堂を初めて見た驚きが伝わってくるような絵図面である」

又右衛門は言葉がなかった。

いつか庄九郎の小堂を見たときと似たようなことを、信長は感じているらしい。

「ならば、出自など、つまびらかに詮議いたしましょうか」

「そういたせ」

信長は即座に答えた。

「しかしその弟子がどこの何者であれ、この天守はすばらしい。まさに、天が下を睥睨するにふさわしい天守である」

信長は、ひざをたたいた。

「この天守はな、天の守りなどではない。天の主《あるじ》そのものである。ゆえに、爾後《じご》、天主と書きあらわすがよい」

信長は小姓に筆を持ってこさせ、絵図のわきに、

「日本総天主安土城」

と、大らかな筆致で書き込んだ。

「大儀であった。作事にむけて、なお励め」

懐から、金糸をあしらった紫色の小袋を取り出すと、又右衛門に手渡した。

ずっしり重いその中身は、金の粒《つぶ》だった。


あでやかな桜の花が風に舞い散り、葉が茂るころには、もう安土山山麓に、番匠や石工、人足たちの住まいが建ち並んでいた。

城普請は、まず、人集めからはじまった。

石工は、名高い近江の穴太衆《あのう》ばかりではない。尾張、美濃、伊勢《いせ》、三河《みかわ》、越前《えちぜん》、若《わか》狭《さ》、摂津《せっつ》、和泉《いずみ》、河内《かわち》、大和、山城《やましろ》から、千人以上の石工と三万人に余る農民が夫役人足として集められた。

番匠は、近江、尾張、美濃、伊勢、越前、越中《えっちゅう》、越後《えちご》、畿内諸国、奈良、堺《さかい》などから四千人が呼び寄せられ、それでも足らず日毎に人数が膨《ふく》れ上がっていた。

各地から安土に群がってくる職人、人足たちの仮小屋の建設、さらには信長の馬《うま》廻《まわり》衆、小姓衆、右筆《ゆうひつ》、同朋衆《どうぼうしゅう》、奉行衆たちの仮屋敷建設もはじまり、庄九郎たちは、目のまわる忙しさだった。

安土城下の人間は、日に日に増え続けていた。

城造りには、石工や番匠だけではなく、さまざまな職人が求められる。

材木を製材する大鋸《おが》引《ひ》きが、棟別銭《むなべちせん》、段銭《たんせん》免除の国役として近江中から二千人集められた。

鍛冶、桶結《おけゆい》、屋根葺《ふ》きなどの職人、さらには鍛冶が大量につかう炭焼きも、同様の条件で大勢集められた。

瓦焼きには奈良に住む唐人《とうじん》の一観《いっかん》が起用された。間もなく、大勢の工人とともに、安土にやってくるはずだ。

飾り金具などの金工は、京の鉢阿弥《はちあみ》と後藤平四郎《ごとうへいしろう》が、一統を率いて、すでに城下に工房を設けた。畳刺には伊阿弥新四郎《いあみしんしろう》がやってくることになっている。屋敷の障壁をかざる絵師も、ぼちぼち集まりはじめていた。

建築資材や食料の搬入も頻繁になって、商人や馬喰《ばくろう》、そして女たちも集まり、湖畔の町は、いたって明るい喧噪に満ちていた。

岡部家一統二百人ばかりが仮住まいする小屋は、安土山の西の麓にあった。

板葺き棟割りの粗末なものだが、棟梁又右衛門をはじめ弟子たちは妻子を呼び寄せ、定住のかまえであった。

独り身の庄九郎は、数人の若い連《つれ》とともに一部屋で寝起きしていた。

夜、短檠《たんけい》の灯《あか》りを消すと、昼間の作業に疲れた連たちは、すぐに寝息を立てた。

闇の中で、庄九郎は目を開いていた。

漆黒の闇を見つめながら、庄九郎の意識は、冴《さ》え冴《ざ》えとしていた。

甲斐からは、やがて、新しい下知が届くはずだ。

いったいどんな命令がくるのか、庄九郎は気がかりでならない。

――城の絵図面を送れと言ってくるか……。

攻城合戦をするにせよ、城内に刺客を潜入させて信長の命を狙《ねら》うにせよ、城内の見取り図は、最も重要な情報である。

しかし、信長は刺客を警戒してか、夜毎に寝所を変えているらしい。どこに休んでいるかは、庄九郎ごときの知るところではない。

城が完成したあかつきには、いかに精密な図面があったところで、刺客が信長に近づくのは、至難のわざだろう。日毎に普請がすすむ安土山を眺めていれば、だれしもそう思わざるをえない。

山頂や峰の一部だけを曲輪《くるわ》として城塞化していたこれまでの山城とちがい、安土山は小山ながらも、山ひとつが堅牢な城となるように構想されている。

しかも、土を掻《か》き上げた土塁の城ではなく、全山が石垣で覆われる計画だ。

そのうえに、要所は、石垣が鉄板で装甲されることになっている。これでは、いかに優秀な乱波でも、城内潜入はかなうまい。

また、数十万の軍勢をもってしても、なかば水城として湖水上に造られているこの城は包囲できない。

仮に大軍が押し寄せたとしても、信長は、軍船ですぐさま琵琶湖に逃げ出すだろう。

大挙して攻撃をしかけるなら築城中のいましかないが、武田ばかりでなく、上杉《うえすぎ》にとっても、毛利《もうり》にとっても、近江ははるか雲煙のかなたの土地であろう。

外で、梟《ふくろう》が低く鳴いた。

二度鳴き、それから三度鳴いた。

庄九郎は、小屋内の気配をうかがった。

規則正しい寝息が続いている。

掻巻《かいまき》を抜け出すと、庄九郎は忍び足で小屋から出た。

花冷えの季節がおわり、夜風には、もう若葉の甘さが薫《かお》っている。

すこし山の麓をまわると、いつもの小さな谷筋の窪地《くぼち》に楓《かえで》がいた。

万一だれかに見とがめられても、若い番匠と飯炊き女の逢い引きでとおすつもりだった。

「甲斐の下知が届いたわ」

闇の中でも、楓の緊張が伝わってきた。

「聞かずとも、甲斐の言ってよこしそうなことは、わかるさ。棟梁を殺せ。作事場に火をかけろ——。ちがうか」

弱体化した甲斐の大将武田勝頼《かつより》が、気持ちだけ高ぶらせ、蟷螂《とうろう》の斧をふり上げるとすればそんなところだろうと考えていた。

庄九郎は、やりきれぬ思いで首をふった。

「甲斐はもう負けた。織田の勢いはとめられぬ」

武田家は、昨年五月、三河国長篠《ながしの》において、織田徳川連合軍に大敗し、名のある武将たちの多くが戦死した。勝頼は、命からがら逃げかえったのだ。その風聞は庄九郎の耳にも伝わっていた。

乱波組も、大勢死んだはずだ。

庄九郎や楓の親兄弟、庄九郎に奈良行きを命じた組頭でさえ生きているのかどうか。ここ敵地の近江ではそれさえ定かではない。

「おまんは、悔しくないのか」

楓が男言葉でなじるように吐き捨てた。

そういえば、少女のころからきかん気で我の強い女だったと思い出した。

「甲斐のことは忘れよと、甲斐を追い出された身だからな」

「長篠で大勢殺されたのだぞ。おまんの兄者も殺された」

「戦《いくさ》だ。武田が勝っていれば、織田の侍が大勢殺されていた」

「だから、なにもしないというのか」

「そうではない。無益だと言っている。棟梁を殺しても、次の日には新しい棟梁が決まる」

「作事場に火をかければ、城のできるのが、ずっと遅れる」

「それには時機が大切だ。やるなら、屋根を葺き上げたあとだ。それなら、一年、城の出来上がりが遅れる」

言いながら庄九郎は歯ぎしりした。自分が手塩にかけて建てている天主を自分の手で焼くなどということがあってたまるものか。

しかも、それは庄九郎自身が考え出した天主なのだ。又右衛門から、絵図をつくってみろと言われたとき、庄九郎はすぐさま興福寺の八角堂を思いうかべた。あのように華麗な建築が天に高々とそびえれば、いかに美しかろう――。その思いつきを、大切な卵のようにあたため、何度も夢にまで見て、庄九郎は絵図面を描いた。安土山にそびえるはずの天主は、庄九郎の夢そのものだったし、庄九郎の化身だとさえいえた。それほどに庄九郎はこの城にのめり込んでいた。

「どうした?」

「どうもせぬ」

「焼きたくないのだろう」

「うるさい。焼くならば、おれが焼く」

「よう言うた。屋根はいつ葺き上がる」

「まだ、礎石も据えていない。いま、棟梁は、あちこちかけずり回って、用材を調達している。だがな、寺社番匠が三年かかる仕事を、又右衛門殿は三月で仕上げる。たとえ焼け落ちたところで、棟梁はすぐまた柱を立てる」

「ならばその棟梁を殺すまでのこと」

楓の口調が、厳しく尖《とが》っていた。

「おまんがやらないなら、わたしがやる」

楓も、女ながら乱波としてそだてられた。人を殺《あや》めるのにためらいはないはずだ。薄闇のなかの楓の横顔が、毅然として神々《こうごう》しく見えた。甲斐を信じ切っている女が、庄九郎にはうらやましくさえあった。

「いや……」

庄九郎はごくりと唾《つば》をのんだ。

「やるならば、おれがやる」

それが自分の宿命ならば、滝壺に飛び込む気持ちでしたがおう——。

楓が安堵《あんど》のため息をもらした。

「おまんは、腑《ふ》抜けになったと思うとった」

「おれも甲斐の乱波だ。やるときはやる」

庄九郎は、みょうに気持ちが高ぶっていた。

楓を抱き寄せると、強く激しく口を吸った。

そのまま草むらにたおれこみ、胸元を開いて、乳房をむさぼった。

楓は、よろこんで庄九郎をむかえた。

「庄九郎、わたしはおまんが好き、甲斐が好き……」

押し殺した声で、楓がささやいた。

庄九郎の奥深くで、得体のしれない怪魚が、ぬらりと鱗《うろこ》をぬめらせて飛びはねた。

甲斐の男は、猛《たけ》りきっていた。

甲斐の女を抱きしめてのしかかると、いつになく、体内に潮が満ちてきた。

「おれも甲斐が好きだ。おまんが好きだ」

楓の豊かな乳房をむさぼりながら、

——おれの甲斐は、この女だ。

と庄九郎は思った。


夏になって、又右衛門は、安土山頂の本丸広場に、諸国の棟梁のうち、主だった十人ばかりを集めた。

「ここ安土の城では、一間《いっけん》を七尺とする」

棟梁たちの前に立った大工頭岡部又右衛門は、新しくつくったばかりの長い間竿《けんざお》を手に、そう宣言した。

間竿は、建物の柱と柱のあいだの長さの基準となる物差しで、棟梁の象徴でもある。

ふつうの侍屋敷や町屋なら一間は六尺。各地の守護大名の城館でも、六尺二寸か六尺二寸五分が多い。京の公卿《くぎょう》たちの邸宅でも六尺五寸である。

一間が七尺というのは、天皇の御所と代々の足利将軍だけにゆるされた贅沢《ぜいたく》な柱間《はしらま》だ。

「見ての通り、穴太衆の粉骨のはたらきで、思いのほか早く、曲輪《くるわ》ができつつある。いまよりすみやかに、天主、本丸、二の丸、さらには旗本衆の御屋敷にかからねばならない。その方らは、信長様にじきじきにお目通りして、受け持ちの殿舎について、ご意向をうかがってもらうことになる」

穴太衆と人足たちのはたらきは、じつにめざましかった。

築城は、山を切り崩すことからはじまった。

信長自身が決めた縄張りにしたがって、一間四方の土図盤《どずばん》（土の築城模型）が造られ、普請奉行木村治郎左衛門、石奉行西尾小左右衛門《にしおこざえもん》の立ち会いのもとで、杭が打たれ、縄が張られた。

そこに、百人単位の組で人足が群がりつき、鍬《くわ》ともっこだけで、山を崩し、山上に平地を造成するのである。

石工たちは、安土山と峰続きの観音寺山をはじめ、近江の長命寺山《ちょうめいじ》、長光寺山《ちょうこうじ》、伊庭《いば》山などから、石材を切り出し、千人、二千人、三千人の人足をひとつの組として、大石を運搬してきた。

巨大な橇《そり》のごとき修羅《しゅら》に大石を載せ、昆布で滑りやすくしたコロのうえを曳《ひ》くのだが、石のうえでは、数人の剽《ひょう》げた男たちが舞い踊り、笛を吹き、鉦《かね》をたたき、扇子をあおって、お祭り騒ぎでにぎやかに囃《はや》したてた。

石垣普請は、だれもが驚くほどの突貫で進められ、すでに、中央の大手道と、全山の曲輪が、頼もしいばかりに形となりつつあった。

石材の切り出しが間に合わず、近在の寺院から五輪塔が多数徴発されたが、信長の命にさからう坊主はひとりもいなかった。

穴太衆は、これから残りの石垣を仕上げ、さらに削平地《さくへいち》に建物の礎石を置くための、地搗《じつ》きにとりかかる。櫓《やぐら》を組んで、地面に垂直に立てた地搗棒を、数十人が縄で曳き上げ、地面に落下させて、地盤と礎石を安定させるのだ。これにも、膨大な数の人足と長い時間が必要である。

礎石の位置を決めるには、杭を打って水糸《みずいと》を張る。四尺ほどの細長く浅い木箱に水を張って糸の下に置いて水平を確認する。

天主の設計ができてから、又右衛門は、倅以俊《もちとし》と三人の弟子を連れて、材木の調達に奔走していた。

巨大な木造建築が成功するかどうかは、ひとえに、用材の良否にかかっている。良材がそろえば、作事はそれだけで成功が見えてくる。

信長の命によって、近江近在の多くの寺院が破却され、大量の古材が接収された。

番匠たちは、古材を宝物のようにありがたがる。

材木は、どんな良質な檜《ひのき》でも、伐《き》ったばかりではつかえない。生の木には、癖があり、そのままつかえば、完成したあとに建物がねじれ、歪《ゆが》んでしまう。

木が水分をあまり含んでいない秋から冬にかけて伐採し、二年三年、できれば五年十年と寝かせて乾燥させなければ、木がわがままに歪んでしまうのだ。

古材には、そんな心配がない。

「それにしても、ようこれだけの材木が集まりましたな」

続々と城下に搬入され、積み上げられる材木の山の膨大さには、諸国のどの棟梁もあきれていた。

柱につかう檜、梁《はり》につかう太い松のごろんぼ、そのほかにも欅《けやき》、栗、栂《つが》、杉、茶室や書院につかう柿や桜など、伐採されてから数年寝かせたおびただしい量の良材が、各地から集められていた。

「信長様のご威光である。これでよい城を造らねば、番匠の一分《いちぶん》がたたぬわい」

「御天主の通し柱は、ええもんが見つかりましたか」

奈良の棟梁中井孫太夫《なかいまごだゆう》がたずねた。

「一尺六寸角で、長さ八間の檜を見つけてきたわい」

太さはともかくとして、八間の長さは貴重であった。

「よう間に合うのがあったもんや。どこにあったんやろ」

「木曾《きそ》にあったわい」

又右衛門は、誇らしげに答えた。又右衛門は、自分の足で敵地の木曾に行き、良材を求めて来たのだった。

そもそも、尾張の熱田湊は、木曾川、長良川《ながら》を利用して、木曾や飛驒の山中から運ばれてくる木材の集散地である。

ここに生まれそだった又右衛門は、人脈を駆使して熱田の材木座から、乾燥を終え、すぐにつかえる材木をかき集めてきた。

「熱田から材木を消すつもりかえ」

とまで言われたが、むろん、織田家への協力を惜しむ尾張人はいなかった。

又右衛門は、諸国の棟梁たちにむかって、手をひろげ、声をあげた。

「見てくれ、城下にはもはや数万人の人間が暮らしておる」

山頂からは、夏の太陽に銀色にかがやく琵琶湖がまぶしかったが、目を南に転じればそこには新しく出現したばかりの安土の町があった。

町には、すでにここを楽市《らくいち》とするむねの布告が出されていた。だれでも無税で自由に商売ができるのだ。

「信長様は、大坂の石山本願寺《いしやまほんがんじ》攻めでお留守だが、われらはしっかりとこの城と町を造らねばならん。ことに、ちかごろは、築城を妨害するため、武田、上杉、本願寺、毛利などが、乱波を潜入させているとも聞きおよぶ。乱波ごときに、なにができるでもないが、じゅうぶんに気をつけられたい」

一座の端でそれを聞いていた庄九郎は、全身がこわばった。

「おう、気をつけんならんぞ」

叫んだのは、堺の棟梁だった。

「恥をさらすようやが、うちに十年以上もおった若い者が、先だって曲輪を絵図面にしておった。気がついて取り上げたからよかったものの、危うくわしの首まではねられるところやった。ああいう輩《やから》を忍の者たちは草《くさ》と呼ぶそうや。敵地に根を生やしての戦《いくさ》働きじゃとな。いかにもご苦労なことやわい」

庄九郎たちは、その話を、すでに又右衛門から聞かされていた。

大工奉行村井貞勝に突き出されたその男は、拷問のすえ、毛利から送り込まれた草だと白状した。

即刻、首をはねられた。

「こうなっては、むかしからおる者でも、信じられん。まあ、この棟梁衆のなかに、ひとりでも草がおったら、敵ながらあっぱれと、褒美《ほうび》に黄金でもくれてやるんやが」

堺の棟梁につられて、一座が笑った。

庄九郎も笑ったが、真夏の強い陽射《ひ》しのなかで、彼の口元はひきつって見えた。

三

築城開始から一年がたって、山はおおむね土図盤どおりの形に普請がすすみ、主要部はびっしりと石垣で覆われた。山麓から眺めても、身震いするほど壮観であった。

地搗棒《じつきぼう》での地盤堅めも終わった。

山上では、天主造営のために礎石が埋め込まれ、杉丸太で足場が築かれていた。

柱と梁《はり》は、一層目から順に慎重に組み上げられ、天正五年八月二十四日には、棟上げの儀式が執《と》り行なわれた。

いちばん高い足場に三個固定した滑車に縄をかけ、番匠たちが総出でかけ声をあわせ、太い棟木を引き上げた。

みごと、最上層の棟木がはめ込まれると、期せずして、四方から喝采《かっさい》がわき起こった。

この日ばかりは、番匠たちも仕事にせかされず、作事の一段落を祝うことができた。

熱田宮の神官があげる祝詞《のりと》を神妙に聴いたあとは、作事場で、酒が振る舞われた。

信長からは、おびただしい金銀、反物が褒美にくだされ、どの番匠たちも笑顔を浮かべていた。

棟木の引き上げに時間がかかったので、祝宴はすぐに夕刻となった。

棟梁岡部又右衛門は、棟梁衆や弟子たちとの酒をほどほどにして、ひとりで天主の梁を登った。

天主のうえから、比良《ひら》の峰にしずむ壮大な夕陽をながめるつもりだった。

柱と梁の木組みができあがったばかりのことで、屋根はもちろん、壁も床も、まだ張ってはいない。ただの材木の骨組みだけの城である。階段も梯子《はしご》もない。

それでも、番匠たちは、足場と柱を器用につたって、するすると最上層まで登っていく。

ほろ酔いの又右衛門が、最上層の棟木に腰をおろすと、西の空が茜《あかね》色に焼けて、たいそう美しかった。

番匠として生きてよかった——。

又右衛門は、大仕事が一段落したことで、はなはだ満ち足りていた。

今宵は酒をすごしてよい、と言っておいたので、はるか下の地上では、手をたたき、歌声をあげて番匠たちが酔いしれている。

ふと、背後に人の気配を感じた。

「だれか」

「庄九郎にございます」

「やはりおまえか」

庄九郎は答えなかった。

「わしがここに登ったのを見て、突き落としにきたのだろう」

「……」

「おまえは、興福寺にはいる前、松永弾正のところに、半年ばかりいたらしいな」

「……」

「その前は、どこにいた」

「孤児にございました」

「どこでだ」

「大和にございます」

又右衛門は、庄九郎に背を向けたまま、腕組みをして夕陽をながめている。

間もなく、陽は山の端に沈んで消えるだろう。

あたりがいささか薄暗くなってきた。

「突き落とすならいまぞ。いまなら、だれもわしとおまえがここにおることを知らぬ。酒に酔った阿呆《あほう》な棟梁が、棟上げのうれしさに足をすべらせたと始末されるだけのこと」

「めっそうもない……」

「わしは今夜は気分がよい。死ぬなら、こんな夜にねがいたいものだ」

又右衛門が、大きなため息をついた。

「つい七日前、松永弾正が、本願寺攻めの砦を引き払い、信貴山《しぎさん》城に立て籠もったのを知っておるか」

知らなかった。

「上杉謙信《けんしん》は能登《のと》までくだって来ておる。本願寺もなかなかに手強い。信長様は、四面楚歌《しめんそか》じゃ。この城とて、いつ乱波どもに焼かれてもおかしゅうない」

又右衛門から、そんな言葉を聞くとは思ってもいなかった。

「わしはな、いつ死んでもかまわぬ。信長様について馬を駆けさせ、京と美濃を行ったり来たりしているうちに、そんな気がしてきた。人はな、生きていることが大切なのではない。よく生きることが大切なのだ。死のうは一定《いちじょう》。おまえが、よく生きるためにわしを殺すのなら、それもまた定めかもしれん」

庄九郎はかえす言葉がなかった。

「おまえはよい番匠だ。武田にまだ力があれば、甲斐に立派な城が造れたものを」

もう陽はとっぷりと沈み、あたりは真っ暗だった。

「甲斐はさだめしよい国であろうな。おまえを見ていると、そんな気がしてくる」

庄九郎は、深々と頭を下げると、足場をくだりはじめた。

その背中に、又右衛門が声をかけた。

「信長様には、おまえがまことに大和生まれの番匠であると届けておいた。どう生きるにせよ、この城ができあがるまではここにおれ。いいもんだぞ、自分が勘考し、手塩にかけた建物ができるのは」

「おまんは、やっぱり腑抜けたのじゃな」

楓《かえで》の目が、恐ろしげにつり上がっていた。

庄九郎は、しずかに首をふった。

「又右衛門殿には、言葉にできぬほどの恩義を受けた。その棟梁を殺せるものか」

「甲斐にも恩義があろう」

「おれにはもう遠い国だ。どんなところだったかも、よく覚えてはおらん」

「もうおまんはあてにせぬ」

「おまえひとりでなにができる」

「ひとりではない。乱波はな、わしらだけであるものか。上杉も毛利もおる。本願寺の乱波も大勢おる。手を組んで、職人たちに疫病を流行《はや》らせる。風の強い日に、城と町を焼く。手伝えとは言わぬ。黙って見ていろ。それとも、棟梁殿にご注進におよぶか。信長に告げて、わしらをつかまえてもらうか」

楓が、立ち上がって庄九郎を見下ろした。強い女だと思った。そして、甲斐女のこの強さが、自分は好きなのだと気がついた。

甲斐の男なら、気性のあらい甲斐女よりさらに強くあるべきだった。

楓が背を向けた。

「待て」

庄九郎は、飛びかかって楓をねじ伏せた。

「おれはな……」

なにを言ってよいか、わからなかった。ただ、熱いものがこみ上げてきた。目からとめどなく涙があふれ、どうしようもなかった。

楓も泣いていた。

泣きながら、もがいていた。

「腑抜け。放せ！」

「放さぬ。聞け」

「聞かぬ！」

庄九郎が、楓の頬を平手で張った。

「おれはな、甲斐のことなどどうでもよい。武田の家が滅びても、甲斐の国と人は残る。それでよいではないか」

「よいはずがない。武田が滅んで、わしらの甲斐が残るものか」

ねじ伏せ、ねじ伏せられたまま、ふたりは睨み合った。

「おれはおまんが好きだ。いとおしい」

「ならば、城を焼け、棟梁を殺せ」

庄九郎は首をふった。

「それはできん。だれの城でもない。あれは、おれの城だ」

ペッと、楓が庄九郎の顔に、唾を吐いた。

不思議と腹は立たなかった。

顔をぬぐおうと手をゆるめた瞬間、楓が庄九郎を突き飛ばした。

「腑抜けに用はない！」

毅然と言い放ち、楓は立ち去った。

しばらくのあいだ、庄九郎は窪地に坐ったままでいた。せっかくここまでこぎつけた天主を焼かせたくない、との思いと、焼くならば自分の手で、との思いが、せめぎあって、身動きがとれないでいた。

庄九郎の地下水脈を泳ぐ得体のしれない怪魚は、ひっそりとなりを潜めたまま、すがたをあらわさなかった。

十月になって、信貴山城の松永弾正が、織田軍に包囲されて自害したとのしらせがとどいたころには、もう天主の屋根はほとんど葺き上がっていた。

唐人一観の焼いた大ぶりの瓦は、翡翠《ひすい》色でこそなかったが、黒のなかに青がにぶく光っていて、しかも、軒瓦にも妻飾りにも、ふんだんに金箔がつかわれたので、麓からのながめは、荘厳であった。

松永弾正が死に、根来《ねごろ》の雑賀孫市《さいかまごいち》もすでに降伏した。摂津石山本願寺は、毛利の後ろ盾を得てしぶといが、その補給路を切断するために、信長は九鬼《くき》水軍に命じて、巨大な鉄船を造らせている。それが完成すれば、本願寺の命脈も絶たれるであろう。北陸の上杉謙信は、柴田勝家《しばたかついえ》がくい止めている。

ひとりずつ敵が減り、信長は天下をにぎりつつあった。

それにあわせるようにして、安土の城ができあがっていく。

すでに、本丸、二の丸をはじめ、大手道の両脇には羽柴秀吉《はしばひでよし》、徳川家康、武井夕庵《たけいせきあん》らの屋敷が、ほぼ形となりつつあった。

城下の馬廻衆、御弓衆の屋敷も、仮のものから本格的な建築に建て替えが終わっていた。

「よくぞここまでこしらえたものじゃ」

まだ粗壁《あらかべ》を塗り、ようやく華頭窓《かとうまど》と観音扉をはめ込んだばかりの天主最上層に初めて登ると、信長は満足げに室内を点検した。

これから、八角堂には鮮やかな朱漆、最上層には黒漆が塗られ、金箔が貼られる。

最上層の室内には、狩野永徳《かのうえいとく》一門が、三皇五帝、孔門十哲、商山四皓《しこう》、七賢など、唐の賢者たちを描く予定で、すでに城下の工房で下絵の制作に取りかかっていた。

八角堂の内外には、釈迦説法図と餓鬼ども鬼ども、鯱《しゃち》、飛龍が描かれる。

できあがれば、さぞや天界のごとき幽玄な空間が現出するだろう。

信長は、なお、これから取り付ける欄干《らんかん》の高さなどを細かく指示したあとで、又右衛門をねぎらった。

それが終わっても、信長は下に降りようとしなかった。

天主からながめる湖水や比良の峰を愛《め》でて、いつまでも動かない。

総奉行丹羽長秀、普請奉行木村治郎左衛門、大工奉行村井貞勝、瓦奉行小川孫一郎《おがわまごいちろう》なども、ともに登っていたので、その場に酒肴《しゅこう》がはこばれて、祝宴となった。

まだ作事の最中で、室内は荒っぽい見てくれだったが、信長は頓着しなかった。

中国に遠征している羽柴秀吉から、またたくまに西播磨《はりま》を支配下におさめたとの報告が届いていたこともあって、座はにぎわい、信長の機嫌はよかった。

軍論や、築城論が飛び出し、信長は飽きることなく談論をかさねたので、宴は深更までつづいた。

風の強い夜であった。

「わしが武田か上杉の乱波なら、こんな夜に火を放つであろう。いまならまだ、警護も手薄であるし、そこらに燃えやすい材木も転がっておる。出入り御免の人足どもに乱波を紛れ込ませるのは、さしたる苦労でもない」

軍論のついでに信長がそんなことを言った。

「さようでございますな。それさえできぬようであれば、もはや上杉も武田も、なんの力もない死体《しにたい》でございましょう」

丹羽長秀が相槌《あいづち》を打ったとき、天主北側の搦《から》め手《て》口あたりから、人の騒ぐ声が聞こえた。

すでに丑《うし》の刻（午前二時）であった。

「なにごとぞ」

「見て参りましょう」

末座に控えていた森乱丸《もりらんまる》が階下に駆けだしたときには、

「火だ、火の手が上がったぞ」

「台所曲輪だ」

との叫びが、聞こえた。

「大手の羽柴様の御屋敷が燃えている」

「二の丸にも火があるぞ」

叫び声が風にのって切れ切れに届いた。

廻縁《まわりえん》に身を乗り出すと、暗い山中に赤い炎が見えた。

しかし、火勢は弱く、ちろちろした焚《た》き火のようで、さして広がるようすもない。

「乱波も、まんざら阿呆ではないか……。しかし、あれごときの火でこの堅城を燃やそうとは、やはり、大うつけであるわ」

信長は愉快げに笑ってから、天主を降り、悠然と本丸の寝所にひきあげた。

火を放った乱波たちは、すぐその場で捕らえられ、翌朝には、城下百々橋《どどばし》のたもとで、さらし者にされた。

男が五人、女が一人。

女は楓《かえで》だった。

楓は、天主五層目の屋根裏で火を付けようとしているところを捕縛された。屋根裏では、棟木がわずかに焦《こ》げただけで、大事にはいたらなかった。

百々橋のたもとには、大勢の人足や工人たちが、乱波の顔を見ようと群がっていた。

六人の乱波は、竹矢来《やらい》のうちで後ろ手に縛り上げられ、杭に繋がれていた。群衆のひとりが、拳《こぶし》ほどの石を投げ、それが楓の額に当たって血が流れた。庄九郎は、見物人の中で立ちつくし、奥歯を嚙《か》みしめていた。

山上の屋敷から、きらびやかな侍たちが百人ばかり降りてきた。朱、蘇芳《すおう》、山梔子《くちなし》、浅黄《あさぎ》、萌葱《もえぎ》、縹《はなだ》、紫、藍……。とりどりの色でつづられた甲冑《かっちゅう》の群れは、信長の小姓衆、馬廻衆だった。

最後に信長が降りてきた。

いつもの革袴《かわばかま》の軽装だった。韓紅花《からくれない》のあでやかな小袖を着込み、背中に大きく揚羽蝶を描いた深紅の陣羽織をまとっている。

信長は無表情のまま竹矢来に近づいたが、六人の乱波を見ると、

「これまで着物に虱《しらみ》が住みついたように不快であったが、ようやく姿をあらわしたか」

と、晴れ晴れしい顔で笑った。

眺めている庄九郎のうちで、地下水脈がどうどうと音を立てて流れていた。

その水脈に、巨大な怪魚が泳いでいる。

怪魚は、胴震いしながら水流をのたうちまわり、庄九郎の憎悪の気を吸引して、ますます猛り立つようであった。

「首をはねて、さらしておけ」

みょうに冴えた信長の声がひびいた。

馬廻の侍が、小柄《こづか》を抜いて杭の縄を切った。

一人がひきだされた。

二人の侍が両肩を押さえ、乱波の首を突き出させた。

乱波がひるむすきもあたえず、白刃が朝の光に煌《きら》めいて、首が落ちた。

一人。二人。三人。四人。五人。

乱波は声もたてずに、従容《しょうよう》として死についた。

最後に楓が引き立てられたとき、竹矢来の外で甲高く叫ぶ者があった。

「お館様」

見れば、又右衛門の倅《せがれ》以俊《もちとし》である。

「わたくし御大工岡部の倅にございますが、僭越《せんえつ》ながら、お願いの儀がございます」

庄九郎は、楓から聞かされたことがあった。以俊が、楓を求めてうるさくつきまとってくる、と。なんども言い寄られた、と。

——助命を嘆願するつもりか。

群衆の多くがそう思った。

「ちょうど本日これより、摠見寺《そうけん》三重塔の柱立てをおこないます。女人の乱波には、魔性がそなわっているやに思われますゆえ、ただ首を落とすより、人柱として、お供えになればいかがでしょう」

「仏塔に人柱を立てると申すか」

「御意《ぎょい》」

摠見寺は、安土山中腹に建設中の寺院だが、信長は、生きたままの自分自身をこの寺の本尊にしようと考えていたところだった。

のちに寺が開いてからのことになるが、信長は摠見寺について、こんな触れを発している。

「富者にして当所に礼拝に来るならば、いよいよその富を増し、貧しき者、身分低き者、賤《いや》しき者が礼拝に来るならば、当寺院に詣《もう》でた功徳によって、同じく富裕の身となるべし。子孫を増すための子女、相続者を有せぬ者は、ただちに子孫と長寿に恵まれ、大いなる平和と繁栄を得るべし」

信長は、摠見寺を、自分の大恩を民衆にわかつ場所にしようと考えていたところだった。

「おもしろい。わしにふさわしい塔となろう。そのほうの存念のとおりにいたせ」

言い捨てると、きびすを返して、さっさと山上に消えてしまった。


庄九郎の口から、血が流れていた。

あまりにもくやしく、歯噛《はが》みを続けたので、口中が切れていた。

摠見寺は、安土山の西に張り出した峰の中腹に建てられつつあった。木が伐《き》り倒された山上や大手筋とちがって、杉木立に囲まれた陰鬱《いんうつ》な場所だった。

三重塔作事場には、すでに水糸が張られ、礎石の位置が決められていた。

中央に、ぽっかりと大きな穴がある。

その底に、白装束を着せられた楓が、転がされていた。

楓は、手足を縛られ、うなだれて顔も上げない。腰まである長い黒髪が痛々しい。

穴の脇には、牛より大きな礎石がふてぶてしく置かれていた。

——やめろッ。

喉元が破裂するほど、そう叫びたかった。

乱波なのだ。楓とて、殺される覚悟はできているだろう。

殺されるのは仕方がない。

いくら自分にそう言い聞かせても、庄九郎のうちの怪魚は、鎮《しず》まりそうもなかった。

あっさり首をはねればよいものを、以俊《もちとし》めが、よけいな差し出口をきいたために、こんな殺され方をしなければならない。

禅僧の読経が終わり、兄弟子たちが、梃子棒《てこ》を手にした。

庄九郎も棒を手にしたが、全身がぶるぶる震《ふる》えて、その場に立ちつくしていた。

「それッ」

以俊が声をかけた瞬間、庄九郎のうちで、巨大な怪魚が、天にむかって飛びはねた。

「やめろ」

鋭く叫ぶと、大きく跳躍して、太い樫《かし》の梃子棒で以俊の後頭部を打ち据えた。

以俊が昏倒した。

騒然。

刀を抜いて群がって来る侍を、庄九郎は梃子棒で四人、五人と打ち伏せた。

「楓ッ、逃げろ」

穴を覗くと、楓が顔を上げて力なく笑った。

「おまんが逃げて」

その顔が、

――ありがとう。とてもうれしい。

と語っていた。

庄九郎の体内で、ふたたび怪魚がはね躍《おど》った。

「甲斐者をなめるな！」

叫んで、また三人打ち伏せたが、侍の突き出した鑓《やり》に太股をえぐられ、取り押さえられた。


半刻（一時間）後、静まりかえった作事場で、楓は、巨大な礎石の下に消えた。

庄九郎は、手の指をすべて斬り落とされたうえ、額に武田の家紋割菱《わりびし》を焼き印され、近くの伊庭《いば》山の石切場で、人足として使役されることになった。

織田の侍が、ひとりも死ななかったことで、棟梁又右衛門の助命嘆願が聞き届けられたのだった。

庄九郎は、石切場の人足たちから、

――亡者
と、呼ばれていた。

石切場をあずかる丹羽右近氏勝《うこんうじかつ》の家臣たちでさえ、そう呼んでいた。だれとも、ひとことも口をきかず、泥と汚れにかたまった髪を振り乱し、肩にかけた縄で、黙々と石を曳《ひ》く姿は、まさに地獄絵図の亡者そのものであった。両足が鎖でつながれているので、逃げ出すこともかなわない。夜は、ほかの数人の咎人《とがにん》とともに、監視付きの岩小屋に閉じ込められた。

「殺してもらいたかったであろうにな」

「生きながらの地獄もあるものじゃ」

石切場の人足たちは、時折、そんな言葉を投げかけたが、庄九郎の顔は無反応だった。

庄九郎は、しかし、生きようとしていた。

生きていれば、かならずや機会がある。

信長に一泡ふかせることができる。

その執念だけが、庄九郎を生かしていた。

その執念で、庄九郎の体内を泳ぐ怪魚は、大きく力強くそだっていた。

夜、硬い岩に敷いた筵《むしろ》に横になるとき、庄九郎はいつも楓を思い浮かべた。

楓のやわらかい乳房を思い出すたびに、庄九郎は涙をながした。

楓の最期の笑顔を思い浮かべるたびに、こみあげてくる嗚咽《おえつ》がおさえられなかった。

伊庭山には、信長がときおり鷹狩に立ち寄る。そのとき、庄九郎は、信長の頭上に石を落とすつもりだった。

すでに切り出され、山上に放置してある巨石を転がりやすく細工しておく。

監視の目を盗み、ほかの人足たちに気づかれぬよう、庄九郎は、すこしずつ石の下の土を取り除いた。指のない不自由な手がもどかしく、口で土を喰って吐き出しもした。

渾身の力で押せば、動かない石も動く。

そう信じて、庄九郎は二年半耐えた。

天正八年四月二十四日――。

信長側近太田和泉守《おおたいずみのかみ》の『信長公記《しんちょうこうき》』には、つぎの記述がある。

「伊庭山御鷹野へ御出て。丹羽右近者ども、普請仕《つかまつ》り候とて、山より大石を、信長公御通り候御先へ落とし懸《か》け候。此の中、条々相届かざる道理の旨、仰せ聞かされ、其の内、年寄候者を召し寄せられ、一人御手打にさせられ候」

信長のすぐ前に大石が落下し、関係者一人が手打ちにされたのだ。

「年寄候者」が庄九郎でないとすれば、彼は逃げのびたのであろう。

信長はすでに完成した天主に、常の座所を移し、つぎの城を築くべく、虎視眈々《こしたんたん》と大坂の地をにらんでいた。

甲斐の乱波のことなど、思い出すこともなかったにちがいない。

倶《く》尸《し》羅《ら》

一

「頼みがあるのだ」

波の音を耳のそばにききながら、倶尸羅《くしら》が倦怠《けんたい》の海をただよっていると、義昭《よしあき》がからだを起こして言った。

枕元の灯明《あかり》は、芯《しん》を短く剪《き》ってあるので、義昭の表情は読みとりにくい。

ついいましがた、義昭は倶尸羅のしろい裸体を組み敷いて、ぎこちなく精を放ったばかりである。さきほどからの不自然なようすで、なにかとても大仰なことを言い出しそうな予感があった。

「なんでございましょう」

「信長を殺してくれぬか」

どうせそんな無茶でも言い出すのではないかと想像していたので、驚きはしなかった。義昭の考えることは、いつも雲をつかむようで、本気かどうかよくわからない。

将軍足利《あしかが》義昭は、信長に追放され、流浪《るろう》の旅のはてに、いま、備後《びんご》鞆《とも》の津《つ》安国寺《あんこくじ》の奥座敷に逗留《とうりゅう》している。

倶戸羅は摂津《せっつ》生まれの遊び女《め》である。かわった名だが、天竺《てんじく》にそんな名の美鳥がいるという。

「どうしてわたくしが……」

「そなたがまことに美しいからよ。そなたの美貌をもってすれば、信長も油断して身をあやまるであろう」

「わたくしなどがやっても、うまくいきますまい」

肩に頰をすり寄せて甘えるふりをしたが、義昭は本気らしく、倶戸羅をまじまじ見すえた。

「そのほうなら、間違いなく信長は気に入る。閨《ねや》に呼ばれたら、毒を呑《の》ませるのだ。かならずうまくいく。信長も一巻の終わりよ」

ここ備後鞆の津は、瀬戸内でも指折りの繁華な湊《みなと》だが、夜ともなれば、さすがにひっそりして、波のさざめきがきこえるばかりだ。その波の音をまくらに義昭に抱かれて、そろそろ半年がたつ。

「わたくしは、どうなります」

「明《みん》渡来のよい毒があるのだ。茶碗か杯に、ほんの一滴垂らせば、信長はのたうち回ってこと切れる」

この男は、どこまで鈍感なのだろうと、倶尸羅《くしら》はあきれたが、笑顔のまま、舌の先をちろちろ遊ばせ、義昭のはだかの肩から胸をくすぐった。しばらくくすぐってやると、四十歳の流浪の将軍が、少年のように顔をほころばせた。

「信長が死んだあと、わたくしはどうなります。首を刎《は》ねられるかなぶり殺しにされるか、なんにしても信長殺しの刺客が、無事ではすみますまい」

義昭は、しばらく思案していたが、間の抜けた声でつぶやいた。

「そこまで考えておらなんだ」

むつかしい顔になった義昭の唇を、倶尸羅の舌の先が遊ぶようにはいまわった。

「そんなことより……」

と、唇から舌をすべりこませた。

義昭は、からだを起こすと、また倶尸羅を抱きしめた。

「おまえほどの淫婦もめずらしい……」

手が、倶尸羅の乳房をまさぐり、下にのびて、柔らかな茂みをさぐった。

高貴なだけの男は、もう飽きた——。無力な将軍に抱かれながら、倶尸羅はそう思った。

足利家十五代将軍義昭は、十二代将軍義晴《よしはる》の次男として生まれたが、幕府困窮で養育費もままならぬため、六歳で奈良興福寺《こうふくじ》一乗院《いちじょういん》に入れられ、覚慶《かくけい》と名づけられた。

それから二十三年。

将軍職についていた兄義輝《よしてる》が松永久秀《まつながひさひで》らに暗殺されたため、将軍家側近細川藤孝《ほそかわふじたか》らの手助けで、一乗院から脱出、還俗《げんぞく》。

三好《みよし》党や松永久秀に翻弄されている足利幕府の再興を表明した。

だが、ことはやすやすとは進まない。頼りにしていた越後《えちご》の上杉謙信《うえすぎけんしん》や越前《えちぜん》の朝倉《あさくら》義景《よしかげ》は出兵せず、近江《おうみ》、若狭《わかさ》、越前、美濃《みの》を流浪したあげく、ようやく信長に兵を挙げさせ、旗を立てて上洛したのだ。

しかし、信長との蜜月は短かった。

信長は、すぐに義昭を邪魔者にした。

対立は深まり、ついに、義昭は、京の二条館《にじょうやかた》に堀《ほり》と矢倉を築き、挙兵した。

そして、敗北。

宇治槇島《うじまきしま》城に移って再度挙兵したが、これも敗北。

それからは、また流浪《るろう》の日々だった。

河内若江《かわちわかえ》、和泉堺《いずみさかい》、紀伊由良《きいゆら》の寺院や国侍を頼り、流れの果てに、いまは、毛利《もうり》輝元《てるもと》を頼って備後鞆の津まで来た。

随行しているのは、わずかな側近とその従者、そして数人の女たちだが、それでも雑色《ぞうしき》、下人までかぞえれば、五十人を超えている。

滞在しているのは、湊に近い安国寺の塔頭《たっちゅう》小松寺で、そもそも、足利尊氏《たかうじ》が六十六カ国に建立《こんりゅう》した安国寺のひとつだから、尊氏の末裔である義昭には好意的だった。

鞆の津は、備後灘《なだ》に小さな舌のように突き出した狭い陸地に、びっしりと家が建ちならんだ湊で、その中心部に、安国寺の広い敷地があり、方丈《ほうじょう》や庫裏《くり》が、禅宗寺院特有の簡素な美しさを見せている。

義昭には、毛利から、吉川元春《きっかわもとはる》をつうじて、ときおり銭がとどく。流浪の身とはいえ、まごうかたなき征夷大将軍の暮らしぶりは、どこか雅《みやび》な花がある。

ただし、鬱屈《うっくつ》している。

考えることといえば、やはり、打倒信長の策である。

各地の大名たちに御内書《ごないしょ》を連発して対信長戦の絵図を画策してきたが、信長包囲網はなかなかちぢまらない。どの大名も、自国にさまざまな問題をかかえていて、容易に出兵できないのだ。

思うにまかせぬ義昭は、どうしても鬱々と日を暮らすことが多かった。

そんな無聊《ぶりょう》を唯一なぐさめてくれるのが、倶尸羅《くしら》だった。

倶尸羅は、摂津江口《えぐち》の遊び女である。

大坂の北東にある江口は、古来、西国から来た海船を川舟に乗り替えて京にむかう泊《とまり》で、繁華な場所だけに、平安時代から遊女が多かった。

遊女たちは小舟で漕ぎ寄せては、旅人の袖をひく。その小舟は、河面をうめて水が見えないほど数が多く、「天下第一の楽地」だと、平安後期、歴代天皇に学問を進講した大江匡房《おおえのまさふさ》が『遊女記』に記している。

「賢人君子といえども、この行いを逸れず」と、同書にあるから、旅人のだれもが、ここで一夜の妻と契《ちぎ》ったのであろう。遊女の数は千人を超え、かつては、御堂関白藤原道長《みどうかんぱくふじわらのみちなが》や後白河《ごしらかわ》法皇をはじめ、あまたの公卿《くぎょう》たちが、ここの遊女を愛した。

その結果生まれた子どもたちのなかには、父にひきとられ、公卿に補任《ぶにん》された者も多い。のちの江戸時代の遊郭とはちがい、古代から中世にかけての遊び女、白拍子《しらびょうし》は、巫女《みこ》にちかい存在で、神と遊ぶ女たちだったのだ。小観音《こかんのん》、中君《なかぎみ》、白女《しらめ》、如意《にょい》、香爐《こうろ》、孔雀《くじゃく》などの優美な名が伝わっている。

倶尸羅は、江口の長者《おとな》の家にいた。

そもそも、この地の遊び女たちはみな「倶尸羅の再誕、衣通姫《そとおりひめ》の末裔《まつえい》」を称している。その女たちのなかで倶尸羅《くしら》を名乗るのは、それだけの美貌がそなわっているからだ。倶尸羅は、天笠にいるという鳥の名である。さえずる声がことのほか美しいらしい。

倶尸羅の母もやはり、倶尸羅を名乗る遊び女であった。

娘の倶尸羅も、気がついたら、同じ名の遊女になっていた。いつの時代にか、都の高貴な胤《たね》がまざったのであろう。声も美貌もまことにやんごとなくおだやかで、江口に多い美女のなかでも、文句なく一番の美しさだ。

足利義昭は、紀伊から備後に行く途中、江口で評判の美女倶尸羅と契った。美しいだけでなく、そこはかとない艶やかさがあり、男どもを籠絡《ろうらく》する手練手管がある。

そんな倶尸羅に、義昭は、ぞっこん惚れ込んだ。義昭一行のなかには、一対局《いちのたいのつぼね》、大蔵卿局《おおくらきようのつぼね》、小宰相局《こざいしようのつぼね》など、数人の側室がいたが、倶尸羅の色香は、侍や公家の娘たちとは、まるでちがい、男の心をそよそよくすぐる。

「これから備後に行くゆえ、一緒にまいれ。やがて信長を倒して京に幕府を再興したら、そのほうに奥向きのことはすべて任せよう」

義昭は、そんな睦言《むつごと》で、倶尸羅を口説いた。

そのことばを信じたわけではない。その地位にあこがれたわけでもない。ただ、倶尸羅は、江口での暮らしにすこし退屈していた。どこか、べつの場所に行ってみたかった。

倶尸羅は、自分の値打ちをよく知っていた。

どんな荒武者でも、倶尸羅を見れば、猫撫《な》で声ですり寄ってくる。都のしわい公家たちが、倶尸羅には、おしげもなく大金をはたく。

それがうれしかった時期は、とっくにすぎた。男たちがすり寄ってくるのは、倶尸羅を大切に思ってのことではない。倶尸羅の色香に、欲情するからだ。

すこし、ちがう経験がしてみたかった。

義昭が、しかるべき銀《かね》を長者に支払い、倶尸羅は、備後鞆の津に同行したのだった。

朝、潮の退《ひ》いた海辺に出て、沖を見ていた。初夏の瀬戸内の海はおだやかな群青《ぐんじょう》をたたえ、沖の島影があわく霞《かす》んでいる。倶尸羅の背後から声をかけたのは、義昭だった。

「いかがいたした。かように気持ちがよい朝なのに、気鬱の種でもあるのか」

この男は、現実の世界と感覚から遊離した空気を呼吸しているにちがいない。昨夜の思いつきなど、すでに忘れたようにさっぱりした顔をしている。

「いえ……」

ちいさく首をふると、倶尸羅《くしら》は、また海をながめた。

帆をあげた船が東にむかって出航するところだった。毛利からの兵糧を満載して、大坂の石山本願寺《いしやまほんがんじ》に運ぶのだ。この夏から、信長は自分も最前線に出馬して、しきりと本願寺を攻め立てている。そんな風聞が、この鞆の津にもながれてきている。大軍を投入しても一時に攻め落とせないと見てとった信長は、本願寺の周囲にたくさんの付城《つけじろ》を築いて囲み、兵糧攻めの作戦をとっているらしい。

信長の包囲作戦に対抗して、毛利は、大坂湾から木津《きづ》川に入り、大量の物資を搬送している。毛利には、七、八百艘もの軍船がある。織田方の水軍は三百艘しかなく、海上権を握るにはいたっていない。

「信長のところへまいりましょうか」

「なんと申した」

「昨夜のお話でございますよ」

「おお、行ってくれるか」

「信長は、わたくしを気にいるでしょうか」

「それはまちがいなく気にいるであろう。男なら、だれでもそなたの色香に狂うはず。しかし……」

「なんでございますか」

「昨夜は、あんなことを思いついたが、つらつら慮《おもんぱか》れば、そなたを死なせるわけにはまいらぬ」

「生きて帰りますとも」

「そんなことができるか。そなたが帰らねば、わしは生きている甲斐《かい》がない」

なんとそらぞらしい男。このそらぞらしさが最初は、高貴さそのものに思えておもしろかったが、それももう飽きた。都の公家たちのほうが、自分の無力さを熟知しているだけに、まだしも一片の誠実がある。

「わたくしが信長を毒殺すれば、義昭様は、京に帰って将軍となり、天下に号令がくだせるのでございましょう」

「むろん、そうなる」

「ならば、わたくしが、なんとか信長に近づき、殿の遺恨を晴らしてしんぜましょう」

「遺恨で信長を討つのではない。天下の経綸《けいりん》を熟慮いたせば、信長を放置するわけにはまいらぬ。これは、征夷大将軍としての重大な責務である」

倶尸羅《くしら》は厳粛な顔をして聞いていたが、心で笑った。こんなに力のない征夷大将軍が、力んでいるのがおかしかった。

「では、その責務のため、およばずながら、わたくしもお力にならせていただきます」

頭をさげると、なにか、いたずらでも始めるような、楽しい気分になっていた。

江口の長者弥右衛門《やえもん》は、備後からひさしぶりに帰ってきた倶尸羅が、思いもかけぬことを言い出したので、大きな眼をむいた。

「なんでまた信長のところへ行きたいなんていう気になったのや」

「信長様は、まもなく天下人になられるのではありませんか」

「それはまあ、そうやろ。たいがい、そんな勢いになってきた」

「そんな頼もしいお方なら、一夜なりとも添うてみたいと願うのが、おなごの気持ちでございましょう」

「それはそうかもしれんが……」

信長の勢いが圧倒的なことは、だれの眼にもはっきりしている。いずれ、しかるべき銭と献上品を用意して、代官にでも挨拶《あいさつ》に行ったほうがよいと、弥右衛門は考えていたし、里の宿老《おとな》たちと、そんな話もしていた。

遊び女の長者が献上品をさしだすとなれば、やはり、遊び女がなによりだ。倶尸羅が行く気なら、彼女以上の女はいない。

「けど、倶尸羅は、公方《くぼう》様の側女《そばめ》として鞆の津くんだりまで同道した身や。いわば敵方の女やからな……」

「あほらし。信長様ほどのお方が、そんな些事《さじ》など気になさいますまい。正室はもちろん、側室にしていただこうというのでもない。ただ、お気がむかれたときのお伽《とぎ》の相手。浮き草の遊び女に敵も味方もありますまい」

それもそうだと、弥右衛門は考えた。千人を超す遊び女たちのなかでも、美貌といい、舞の可憐さといい、話柄のあしらいや行儀までふくめて、倶尸羅以上の女はいない。

「よし、いずれ戦勝や任官の祝い事があるであろう。そのとき、京代官を通じて、倶尸羅を献上することにしよう」

それで話がきまった。

倶尸羅《くしら》は、からだの芯がぞくっとした。

二

倶尸羅の秘密は、倶尸羅以外、だれも知らない。

その秘密をだれかに口にしたことは一度もなかったし、気づかれたこともないはずだった。気づかれないように、これまで、細心の注意をはらってきた。

倶尸羅は、男に抱かれても、まるで悦びを感じない女だった。

その小さな秘密を隠すため、倶尸羅は、いつも床《とこ》のなかで演技をした。

演技ゆえに、倶尸羅の色香は言いようもない深みをたたえ、男たちをひときわ魅了してきたともいえる。

初めて男に抱かれてからというもの、倶尸羅は苦痛しか感じたことがない。

——早く終わればいいのに。

男たちの体の重さを感じながら、倶尸羅はいつもそう思っていた。

倶尸羅は、男たちのしたいようにさせてやるが、嬉しいと感じたことは一度もなかった。

男たちの指が、倶尸羅の隠所《かくしどころ》をまさぐると、倶尸羅は、褥《しとね》に大きな染みをつくるほど濡れる。

それでも、快楽《けらく》を感じているわけではない。肉体が反応していることは間違いないが、肝心の気持ちよさがないのだ。

遊女たちは、あけすけに、男に抱かれたときの気持ちよさについて語り合う。

「昨夜の男は、すごかった」

いつだったか、同じ長者の家にいる女が言ったとき、自分は、まだそんな男にめぐり合ったことがないと言うと、

「男振りがよくて、床が上手で、銭払いがいい男なんて、そうざらにいるもんかいな」

と、笑われたことがある。

そのとおりだと思った。

それから、男には、なにも期待しないで抱かれることにした。

それでも、からだは愛撫に反応した。男に触れられると、倶尸羅の秘所は、溢《あふ》れ出た体液で、ぐっしょり濡れる。

そのあまりの量に驚いて、それを杯で受けた神官がいた。神秘の液体は、杯に、た

っぷりあった。神官は、

「不老長寿の妙薬じゃ」

と、ありがたそうにそれを飲み干した。

肉の襞《ひだ》をまさぐられれば、愛液はいくらでも出てくる。

だから、男たちは、なにも気づかない。

独《ひと》り合点して、倶尸羅《くしら》が、快楽に悶絶《もんぜつ》していると思っている。

倶尸羅は、演技した。

おさえがちに控えめに喘《あえ》いでみせると、男たちの欲情は、さらにかき立てられるらしいことも知った。倶尸羅は、絶妙の演技で、男たちを魅了した。

十四の歳《とし》からそんなことをもう六年もつづけていると、すこし馬鹿らしくなった。

それで、鞆の津に流れていく足利義昭についていて行くことにしたのだ。

足利義昭は、やさしい男だったが、それだけだった。

力は、まるでない。

僧侶だったから、肉体も貧弱だし、銭もない。おつきの五十人の男女は、毛利が送ってくる銭でしのいでいるが、五十人もの腹を満たすには、なかなか足りない。

むろん、贅沢《ぜいたく》は望むべくもない。

贅沢がしたいわけではないが、そもそも、義昭という男に飽きはじめていた。
ふわふわと雲をつかむような男。力がないくせに、壮大な計画ばかり練《ね》っている男。
展望のない退屈な男だった。
倶尸羅は、そんなところにいるのが、耐えられなくなっていた。
それで、ふと、信長のもとに行ってみたくなったのだ。
信長がどんな男なのか、知りたかった。
殺すつもりなど、毛頭ない。
ただ、一目、天下の覇者と自他ともに認める堂々とした男に、会ってみたかった。
倶尸羅としては、それだけの願望である。
天下の覇者となるのは、いったいどんな男なのか。
女として、一夜なりとも添い寝したいのは、正直な気持ちだった。
どうせ、どこかのだれかと寝る夜だ。
だったら、できるだけ、よい男にまさぐられたい。
どのみち、倶尸羅は、男のなぶりものなのだ。
男たちは、倶尸羅の脚を大きく広げさせる。

指で、さんざん弄《もてあそ》び、愛液をたっぷり迸《ほとばし》らせると、おもむろにのしかかってくる。

眼を閉じて、背中にかるく爪を立てながら男にしがみついていると、男は、たいてい口を吸ってくる。

それからすぐに胤《たね》を放つ男もいれば、うんざりするほど長いあいだ、硬直した陽物を突進させてくる男もいる。

そんな勇壮な男にかぎって、鼻を鳴らすような気持ちのわるい声を出す。

胤を放つ瞬間、甘いとろりとした鼻声を出した武者には、さすがにぞっとしたが、それでも倶尸羅《くしら》は迫真の演技を尽くした。男にしがみついて、腰で陽物をねっとり包み、快楽のかぎりを味わい尽くそうとしているように、腰で吸いつくのだ。

この技巧と美しい顔だちと、よがり声の甘美に、たいていの男はころりとまいる。

倶尸羅は、一度寝た男は、絶対に逃がさない自信がある。蔵がからになるまで通わせ、銭を貢《みつ》がせる自信がある。

自分の肉体が歓喜しないぶん、倶尸羅は冷静で、男たちを陶然とさせる術《すべ》にたけている。本気でよがって男にしがみついている女にはわからない男の本性に、倶尸羅は精通するようになった。

信長は、いったいどんな男なのか——。

その一点に、倶戸羅は、喉《のど》がひりつくほどの渇きをおぼえた。

この秋津島《あきつしま》六十余州を、平定するほど勢いがある男である。

南蛮《なんばん》の瀟洒《しようしや》なマントや甲冑《かっちゅう》をまとい、万軍の先頭を駆ける男。

安土《あづち》城の蔵いっぱいに、うなるほどの黄金を所有している男。

号令ひとつで、何万人もの首を刎《は》ねさせられる男。

どうせなら、そんな男に抱かれたい。そんな男の子どもなら、この腹《はら》に孕んでみたい。そんなことさえ考えた。

——信長は、どんな男なのだろう。

それを思うだけで、倶戸羅の女の部分が熱く火照《ほて》り、快楽の予感がうずいた。


「十一月になったら、信長様が、御上洛なさるそうだ」

江口の長者弥右衛門が、そんなことを言ったのは、天正《てんしよう》四年（一五七六）十月の末だった。

「内大臣御任官とかで、たいそうな出迎えになるらしい。畿内《きない》一円はもとより、北陸や西国からも、信長様と結びたい侍たちが挨拶にくるし、公家衆などは、大津《おおつ》までお迎えに出むくそうや」

「では、そのときに？」

「わしは、江口の里の長者として挨拶に出向く。すでにそのように、京代官村井貞勝《むらいさだかつ》様に申し出ておいた。殊勝である、とのことで、拝謁がかなうらしい」

「まあ」

倶尸羅《くしら》は、自分でも驚いたくらい、明るく大きな声を出した。そんなに嬉しいのかと、自分でもおかしかった。

「遊び女の献上についてうかがうと、さしつかえなしとのことでな。娘を側室にさしだす国侍は多いそうだ」

「うんと趣向をこらして、にぎやかに献上してくださいますか」

「ああ、信長様は派手なことがお好きらしいゆえ、それがよかろう。よろこんでいただくのがなによりやからな」

なにしろ、もう数日しかないので、倶尸羅と弥右衛門は、どんな華やかな趣向にするか、頭をひねった。

「大きな木箱をつくらせて、京出来《でき》の姫人形に扮したらどうかしら」

「南蛮がお好きなら、いっそのこと、女ものの南蛮服をこしらえようか」

あれこれ思案をめぐらせた結果、倶尸羅献上の仕度は、金糸銀糸のあでやかな能装束とすることにした。

倶尸羅の舞は、女ながらに逸品である。信長は、舞の出来不出来には、ことのほか厳しい眼をもっているというが、倶尸羅が一差《ひとさし》舞えば、おそらく、信長も満悦するだろう。ことに、倶尸羅は『求塚《もとめづか》』という能の女シテが得意だった。

ただし、信長はいそがしい男だから、献上がかなったところで、いつ、お召《め》しがかかるかはわからない。

京に滞在しているあいだは、連日連夜、大勢の訪問者があるらしいので、舞の披露はむずかしかろう。そのうち安土の城にでも連れて行ってもらい、落ちついたらお召しがかかることもあるだろう。

弥右衛門と倶尸羅は、そんな相談をまとめ、信長に拝謁することにした。

三

冬だというのに、その日の京は、どこかにぎやかに華やいで見えた。

倶尸羅は、京に初めてやって来た。

江口から三十石積みの川舟で淀川《よど》を伏見《ふしみ》まで上り、そこからは、長持をかつがせた従者ともども、京をめざして歩いた。ほぼ一刻《いっとき》（約二時間）の道だ。

洛中に入り、信長の宿舎妙覚寺《みょうかくじ》をさがしあてると、すでに人が溢れていた。

門前で足軽を指揮していた若武者に来着を告げると、

「なかに入って、唐《から》屋根玄関の下にいる小姓《こしょう》衆に名をお告げなされ、順次、お取り次ぎいたしておるゆえ」

ていねいに教えてくれた。秀麗な顔だちの若武者で、腰の黒鞘《くろざや》がたのもしい。合戦では、さぞや勇猛に闘うだろう。

瞳がぎらぎらしている。

倶尸羅《くしら》は、そんな強く鋭く、冷徹に光る人間の眼を、これまで、見たことがなかった。

この男なら、いま、この場でも人が殺せるだろうと、思った。秀麗な顔だちをしているだけに、その果断な決意が、透明な石となって結実している気がした。

妙覚寺には、城郭のように堅牢な門と塀を囲んで、二間（約三・六メートル）ばかりの堀が掘ってあった。堀の内側は、掻《か》き上げ土居《どい》になっている。

門をくぐると、なかに大伽藍《がらん》の本堂があり、右手に庫裏《くり》や僧堂らしい建物がある。

玄関は、檜皮《ひわだ》の唐破風《からはふ》だ。

入った板の間に、文机《ふづくえ》がふたつ並び、二人の若武者が、筆で、着到者を記入している。吏官らしいふたりの若武者も、顔だちがじつに凜々《りり》しく、端整である。

絵に描いたほどに男ぶりがよい。

まだ二十二、三の若さだが、いたって毅然としている。

凜《りん》と、背筋がとおっている。糊《のり》のよくきいた肩衣は、折り目が真《ま》っ直《す》ぐで、皺《しわ》などない。

家来の若者たちのきびきびしたようすを見ているだけで、信長の人となりが、なんとなく察せられた。

倶尸羅は、凜とした男が好きだった。

そんな男ならうんと気持ちは盛りあがるのだが、それでも快楽《けらく》を得たことはない。

——こんどこそは……。

期待してしまうだけに、失望も大きい。

そんなことが、何度かあった。

そのたびに、倶尸羅は悲しくなった。悲しいことが、あたりまえになってくると、それまでよりもっと、男たちにやさしくしてやった。

——信長は、どんな男なのか。

倶尸羅《くしら》には、まだ想像がつかない。

べつの小姓が、奥に案内してくれた。

溜まりの間には、大勢の人間が待っていた。そこは、商人ばかりが集められているらしい。みな晴れやかな顔をして、茶を喫し、大声で語り合っていた。弁当を食っている者もあった。座敷の奥に、あいた一隅があり、弥右衛門と倶尸羅は、そこに案内された。

「茶を進ぜます。よろしければ、餅やお食事もございます。お腹はいかがですか」

ていねいに頭をさげた。

「それでは、あまえまして、お茶をお願いしとうございます」

倶尸羅が、すずしげな声でたのむと、一瞬、あたりの座がしずまった。

じろじろ見つめるような非礼な者はいない。ちらっと、うかがうように見る男たちが多かった。見れば、たいていの男はため息をつく。それほど倶尸羅は美しい。

すぐに小姓たちが、天目《てんもく》茶碗を運んできた。

塗り盆には、菓子がいくつか盛ってある。練った小麦の粉を油で揚げたものらしいが、なかになにか入っているようだ。

「召し上がれ」

「いただきます」

倶尸羅は、菓子をひとつつまんで、口に入れた。なかから、ふわりとした甘味がひろがった。小豆を煮た餡《あん》が入っていたのだ。

「あら、おいしい」

「お口に合ってなによりでござります」

小姓の笑顔がすがすがしい。

倶尸羅は、くつろいだ気分になった。

「お召しはいつごろかしら」

「すぐでございます。お館《やかた》様は、大勢の人間にいっときに会われても、平気なのです。話したことは、すべて憶えておいでござるによって、一日に千人に会われようと、一人ひとりについて、よくご記憶なのです」

「すごいお方」

「まわりの者どもは、みな名君の聡明さに感激しつつ勤《つと》めております」

「さようでございましょうとも」

「では、ごゆるりとお待ちくだされ。ほどなく拝謁がかないましょうほどに」

「ありがとう」

若武者が言ったとおり、座敷にいる大勢の人間は、つぎつぎに数名ずつ名を呼ばれて、奥に入っていく。小半刻《こはんとき》も待っていると、江口の長者弥右衛門の名が、ほかの数名とともに呼ばれた。

いずれも商人らしい六人の男たちとともに奥に通ると、座敷の奥の一段高い間に男が坐っていた。

麻の肩衣を着て、脇息《きょうそく》に肱《ひじ》をおいているが、けっしてだらしない感じではなく、くつろいでいるように見えた。

面長で精悍な顔は、倶尸羅《くしら》がこれまで知っている男のだれよりも凜《りん》としていた。これが天下をおのれの掌《てのひら》でころがす男の顔だと思った。

「みな、よう来てくれた」

商人たちは、おどろいて顔をあげた。気むずかしい男だと耳にし、想像していたのだ。それが、気さくに話しかけてくる。

「世の中というのはな、公家や侍がつくっているのではない。物を作り、それを商《あきな》う商人がいてこそ、世の中が動き、利がまわるのだ。そのほうらは、せいぜい、利を追って蓄財に励むがよい。それが世の中をつくっていくことになる」

そんな前置きをして、一同を歓ばせた。

「そのほうは、炭の商いか」

信長が扇の柄を、いちばん右の男にむけてたずねた。

「ご明察にございます。どうして判じられましたか」

「なに、指が黒いからよ。若い者も大勢かかえているであろうに、主人となっても自ら手を汚して商いに励むとは、殊勝である」

「ありがとうございます。本日は、銭とともに、自慢の炭をお持ちいたしました。よその炭にくらべ、火の勢いも保《も》ちもまるでちがいます」

「それは重畳《ちょうじょう》。薪炭奉行に使わせ、ほんとうに品がよいなら、大量に買わせよう」

「ありがとうございます。なにとぞのご庇護《ひご》をたまわりますようお願い申しあげます」

炭商人が平伏しているあいだに、信長の関心は、すでに隣の男に移っていた。

「そのほうは、魚の商いか。猫がよろこびそうな顔をしておる」

信長が、隣の男にたずねた。

「よくお察しでございます。若狭より魚を仕入れ、京で商っております」

「若狭の魚はうまいか」

「はい、味は格別。塩鯖《しおさば》をたくさんお持ちしましたので、お召し上がりください」

「大儀である」

「なにとぞの御庇護を」

「うむ」

話は、もう次の男に移っている。

「そのほうは、米の商いか」

「ご明察にございます」

「腹がよくふくれておるわ。おもにどこの米をあつかうか」

「越前にございます」

「越前は、どんなようすか」

この時期の越前は、朝倉が滅んで間がない。信長は、越前攻略の先鋒柴田《しばた》勝家《かついえ》に城をもたせて領国経営させようかとも考えたが、現地の国侍たちの本領を安堵《あんど》し、そのまま領国経営させることにした。

「おかげさまで活況をていしております。最近は米の作柄もよく、大坂に持っていけば、高値でよく売れます」

「大坂では、だれが買うか」

「それは……」

米商人は、口を噤《つぐ》んだ。

「かまわぬ。申せ」

「はっ。門徒衆でございます」

「であろう」

信長が沈黙した。

しばらく思案顔で瞑目していたが、眼を開くと、狼狽《ろうばい》気味の米商人にはとりあわず、次の男に話しかけた。

「酒造りの宿老《おとな》か」

「さようにございます。灘《なだ》よりまいりました」

「ほのかに麹《こうじ》の匂いがする。わるい匂いではない」

「おそれいりましてございます。醸造蔵のにおいでございます。お見のがしください」

「仕事の誇りとせよ。よい酒を造っておるか」

「持参いたしましたので、なにより一献いかがでございましょうか」

「味わってみよう」

酒造りの男は、角樽《つのだる》の頑丈そうなのを持参していた。豪勢な蒔絵《まきえ》の塗り筐《ばこ》に、朱塗りの酒器を用意している。

小姓が受け取り、信長の前に運んだ。

信長は、角樽の木栓を自分で抜き、鼻先にかざして匂いをかいでいる。

「よい酒らしい」

大ぶりの杯を手にとり、小姓に角樽から酒をつがせた。

つがれた酒に視線を落として、信長は動かなくなった。

やがて顔をあげると、強い視線で酒造りの男をにらんだ。

「よい酒である。お主の飲みっぷりを見せてみよ」

「はっ」

男は、恐懼《きょうく》して、からだを硬くした。

「遠慮せずともよい。杯をとらす」

男は、ひざをちぢめて動かない。

「来い」

「はっ」

「なぜ来ぬ」

「まいります」

男は、覚悟したように腰をあげ、ひざをすりながら、信長の前に寄った。

そこでひざを折り、両手をついて、深々と頭を下げた。

次の瞬間、男は突然立ち上がると、懐にしのばせていた短刀の鞘《さや》をはらい、からだごと信長に突きかかった。

信長は杯の酒を男の眼にかけ、身をかわしながら立ち上がった。立ち上がりざまに、脇息をつかんで男を打ちすえた。

男の腰がくだけた。

小姓たちがむらがり、たちまちのうちに、男を取り押さえた。

「不埒者《ふらちもの》めが。毒酒である。いずこからの刺客か詮議せよ」

信長は、つぶやくと、小姓に床の酒を拭わせ、もとの座についた。

小姓たちの顔が青ざめている。胡乱者《うろんもの》に拝謁させたのは、あきらかに取り次ぎの者の失態だった。

「気にするな。こういうこともある」

一同が恐縮している。

「茶をもて。その者たちにも出してやれ」

すぐに小姓たちが茶と菓子をうやうやしく運んできた。

茶はころあいの熱さで、喉がうるおった。

信長が、黒い天目茶碗を手にしたまま、倶尸羅《くしら》を見た。なにごともなかったような淡々とした眼差《まなざ》しだった。

「いずこから来たか」

「はい。摂津江口にございます」

「名高い江口の遊び女であるか」

信長の顔が、すこしほころんだ。

「さようにございまする」

「ならば、ここで舞を一差《ひとさし》所望したい」

「かしこまってそうろう」

倶尸羅は頭を下げて立ち上がると、つづらから面を取り出した。

痩女《やせおんな》の面である。

陰気で病的な顔の面だが、倶尸羅がつけると不思議な色香と気品がただよう。

弥右衛門が笛を吹いた。

赤と朱、金襴《きんらん》を華麗に織りあげた能装束をまとい、倶尸羅は大胆な足さばきで座の中央に進み出た。

「『求塚《もとめづか》』をつかまつります」

『求塚』は、二人の男に思いを寄せられ、いずれとも決められずに生田川《いくた》に身を投じた菟名日処女《うないおとめ》の物語である。二人の男が、殺し合うこととなった罪で、処女《おとめ》は、地獄に堕《お》ちて、業火に責めたてをうけるのである。

「行かんとすれば前は海、後ろは火焔《かえん》、左も、右も、水火の責に詰められて、せん方なくて、火宅の柱にすがりつきとりつけば、柱はすなわち火焔となって、火の柱をだくぞよあらあつや。たえがたや」

倶尸羅は、地獄の業火に責められる処女を、みごとに演じきった。

能がおわってしばらくは、一座が水を打ったようにしずまった。

「いや、感じいった」

信長は、心底満悦したらしい。

「上様は、お世辞がお上手でございます」

「世辞など言わぬ。じつによい出来であった」

「恐悦至極にございます。できますれば、このままおそばにお留めおきくだされたく存じます」

「そのほう自身が献上品だというのか」

「さようにございます」

弥右衛門と倶尸羅《くしら》が、同時に頭をさげた。

「おもしろや。愉快なり。今宵、寝所にまいれ。小姓ども、丁重に案内せよ。名はなんという」

「倶尸羅にございます」

「かわった名であるかな」

「天竺の美声の鳥に、さような名があるそうでございます」

「博学であるな」

「江口の里の言い伝えにございます」

「よし。大儀であった」

倶尸羅から視線を離すと、信長は、もう次の男に話しかけていた。

一座の男すべてに話しかけると、信長は慇懃《いんぎん》に礼を言った。

「みなの者、遠路、わざわざ来てくれたこと、信長は感謝している。帰るとき、玄関でみやげをもらうのをわすれるな」

意外なほどていねいなもの言いで、一同は、信長の懐のふかさを感じた。

御前を退出して、弥右衛門とわかれた。若侍が、倶尸羅を寺内の庫裏に案内した。

「ここは御陣ゆえに、おなごの手はありません。上様のお食事や身の回りのお世話は、すべて小姓が、係となってあたっております。おなごは、寺内には、そなた以外にはおられませぬので、そのおつもりでおいでください」

「はい」

寺の隅にあるあかるい湯殿に案内された。

「まずは、ゆるりと湯をおつかいなされませ。部屋のしたくをしておきます」

まだ午《ひる》をすぎたばかりのこんな時分から、湯浴《ゆあ》みするのは、なんて贅沢な気分だろう。倶尸羅は、するりと着物を脱ぎ捨てると、さらりとした湯に入った。

湯殿は大きな蒸し風呂のつくりだが、桶がすえられ、倶尸羅がゆっくり肩までひたれるほどの、きれいな湯が満たしてあった。

窓からは、冬のきよらかな光が射しこんでくる。

しばらく、とてもいい気持ちになりながら加減のよい湯につかっていると、湯殿の入口の板戸がひらいて、全裸の信長がはいってきた。

倶尸羅は、あわてて湯桶から飛びだした。

「おっしゃっていただければ、準備いたしておきますのに」

「なんの、気にするな」

信長の筋肉は、硬く締まり、贅肉は見あたらない。若いころから鍛えあげたのだろう。すでに四十を過ぎているのに、筋肉は俊敏さをのこしたままだ。上半身は、若いころの日焼けか、いまだに黒々とたくましい。

倶尸羅《くしら》は、手桶で、信長の全身に、丹念に湯をかけた。

「おつかりになりますか」

「いや、湯をかけながら、ぬぐってくれ。よい薫《かお》りがするシャボンというものがある。切支丹《きりしたん》の宣教師どものみやげだ」

倶尸羅は、命じられたとおりにシャボンを泡立て、信長の全身を撫でた。

「尻を出せ」

「はい」

さすがに恥じらいがうまれた。息が苦しく、小さな声しか出なかった。

湯桶の縁に両手をついて、信長に尻をさしだした。

「よい尻である」

信長は、泡だらけの手で、倶尸羅の尻を撫でた。

尻の割れ目から手をはわせ、倶尸羅の火処《ほと》をいじった。

焦《じ》らすような指遣いで、ぞっとするほどやさしく倶尸羅の陰門を撫でている。倶尸羅は、本気で喘《あえ》いだ。呼吸が苦しくなり、頭の芯がずきずき疼《うず》いて、快楽の予感がした。

「もっと尻を突き出せ」

命じられたとおり腰を突き出すと、がっしりした両手で、背後から腰をつかまれた。みょうな安堵と不安がいりまじって、倶尸羅はからだをよじった。

ぬるりと、信長が倶尸羅に侵入してきた。

倶尸羅は、生まれて初めて、性の甘美な快楽を知った。足ががくがくして、湯桶の縁に手をついていても、とても立っていられそうになかったが、信長が背後からしっかりと腰を支えてくれた。

自分を抱いている男が、こんなにいとおしいと思ったことはなかった。

自分のからだが自分のものではないように、宙に浮き上がった感じがした。喜悦の声がわれしらず唇からもれた。

信長がひときわ激しく腰を突いて胤《たね》を放つと、からだの芯をつらぬく快感の火照りに、倶尸羅はそのまま床にくずれおちた。

声も出なかった。

なにかを言いたかったが、息が乱れたままでとても言葉にならない。

信長は一度では満足せず、すぐに倶尸羅《くしら》を湯殿の床に押したおし、再び侵入してきた。

倶尸羅は、信長にしがみつき、なんのはばかりもなく、本気になって喜悦の声をもらした。

京にいるあいだ、倶尸羅は、ずっと妙覚寺の奥座敷にいた。

信長は、ときに、駆け込むように倶尸羅のいる座敷に来ては、あわただしくからだを求める。多い日などは、一日のうちに、朝も昼も夕刻も夜も、からだをむさぼるのだ。

「倶尸羅は、よいおなごだ」

「ありがとうございまする」

倶尸羅には、信長のいたわりが、よく感じられた。これまでに抱かれたどの男より、はるかにすばらしい男だった。

なんども抱かれると、しだいに、信長のからだが、倶尸羅になじんできた。信長に抱かれてないときは、無性にさみしく感じた。急《せ》いた信長の足音が待ち遠しかった。

倶尸羅は、信長に、本気で惚れてしまった。

信長も倶尸羅を気に入ってくれたようだ。

ふたりは、蜜月の新婚夫婦より濃厚なまぐわいを頻繁にかさねた。素肌で抱き合い、たがいに相手をもとめた。

信長は、よく倶尸羅の耳を噛《か》みながら、ささやいた。

「おまえは天下一のおなごだ」

そうささやきながら、隠所《かくしどころ》をまさぐった。

そんなことをされると、倶尸羅は、すぐに快楽の海をただよいはじめる。

信長が倶尸羅を組み敷いてのしかかる。腰を力強く突いて胤を放つ。

そんなあわただしいまぐわいをどれだけ、妙覚寺の奥座敷でかさねたことだろう。

四

初めて抱かれたそのときから、倶尸羅は、信長に恋をした。

むろん、足利義昭との約束など、頭の片隅にさえない。

ただ、まだ、義昭からわたされた毒薬をもっている。

明国から渡来した毒物で、ほんのわずかに指についたのを舐《な》めるだけでも、たちどころに悶死《もんし》する。まず、どんな強健な巨漢でも、見る見るうちに死んでしまうという。

その劇薬が、細い竹筒にしのばせてある。

つかうときは、竹を折って、杯や食物、あるいは直接口中に滴《したた》らせる。

義昭は、竹筒をわたすとき、ためしに一本、折ってみせた。姫竹ほどの細さで、よく乾燥させてあるので、ぽきりと折れた。

折ると、真っ黒な液が滴り落ちた。鳥肉に一滴垂らして猫にあたえると、鼻をつけただけで、泡を吹いて悶絶した。

椀の水に一滴垂らして、小川にながすと、鮒《ふな》や泥鰌《どじょう》が、ごっそり浮いた。

まちがいなく強烈な作用の毒薬である。

ある日、信長が、倶尸羅《くしら》の火処《ほと》に濃厚な胤《たね》をはなったあとで、こう言った。

「明日、安土に帰る。わしは馬でさきに駆けるゆえ、倶尸羅は荷駄隊とともにゆらりとやってこい」

そう言い残して、信長は、翌朝さっさと安土に帰ってしまった。倶尸羅はひどくみじめな気分になった。捨てられた気がした。

「追えばいいのだ」

そう思ったら気が楽になった。荷駄隊とともに、歩いて安土に行った。

安土の城は、まだ普請《ふしん》の真っ最中で、山を削って大手道をつけたり、石垣を組んで屋敷地をこしらえたりと、ようやく基礎工事が終わった段階だった。

山麓から、山頂の本丸まで広い大手道の石段ができあがっている。そこを信長は、乗馬したまま駆け上がる。

本丸には、ほかの建物に先駆けて、立派な御殿が完成している。京で帝《みかど》が住まいする清涼《せいりょう》殿とまったく同じ間取りを左右逆に建てた御殿である。

いま、信長は、そこで寝起きしている。

女たちは、すぐ脇の二の丸屋敷に詰めている。部屋数の多い広い屋敷で、山頂には、ほかに厩《うまや》、台所、煙硝蔵、食物庫など、生活に必要な施設ができていた。

天主は、ようやく台の石組みができあがったばかりで、建物はまだこれからだった。

倶尸羅には、二の丸の北の隅の狭い部屋があてがわれた。

その日によって、お召しのかかった女が、本丸に出むくのだが、なにしろ女の数が多いので、ほとんどの女がいつも二の丸にいる。

安土の方とも呼ばれる濃姫《のうひめ》は、美濃斎藤《さいとう》家からの正室で、倶尸羅《くしら》などは、顔も拝したことがない。

ほかにも、熱田《あつた》からの姫、高畠《たかばたけ》の姫など、何人もの側室がいる。

安土の方には二十人ばかり、ほかの側室たちにも、それぞれ何人かの女たちが実家からついて来ていて、あれこれ世話を焼いている。

下働きの下女まで数えれば、総勢百人を超す女たちが、安土山の山頂で、信長をとりまいて暮らしていた。

倶尸羅には付き人などいるはずもない。

信長からのお召しは、かからない。

倶尸羅は、日がな部屋で髪を梳《す》いたり化粧をしたりしてすごした。

することはなにもない。

信長との快楽を反芻《はんすう》しながら退屈な日をすごしているうちに、倶尸羅は、なんとしても信長と契《ちぎ》りたいと切望するようになった。

できれば、この世の中で、ただ自分ひとりが信長を独占したい。

今日は、だれが信長に召されているのか——そんなことが気になってしかたがない。

信長は、ほかの女を抱くときも、あんな焦《じ》らすような愛撫をするのだろうか――そう思えば息苦しく、初めて嫉妬という感情を知った。

信長は、安土に帰城後しばらくして三河吉良《みかわきら》に放鷹《ほうよう》にでかけた。女はだれも連れて行かなかった。

信長が留守になると、二の丸の女たちにはのどかな空気がただよったが、倶尸羅はたのしめない。

ただ信長に逢いたかった。

放鷹から信長がもどると、もう正月が間近だった。

安土に城を移して初めての正月である。信長は、気分がよかったのだろう。参賀の家来衆が一段落すると、おだやかな日和《ひより》をえらんで、女たちを外に出し、緋毛氈《ひもうせん》を敷いて野遊《のあそ》びをさせた。酒肴を用意しての外での宴《うたげ》である。

空気はつめたかったが、風はなく、小春日和の陽ざしがあたたかかった。

その日はひさしぶりに信長の姿を見たが、信長は華やいだ大勢の女たちにかこまれていて、倶尸羅などは近寄ることもできなかった。

遠くから見た信長は、女たちと談笑し、にこやかに笑っている。

──口惜しい。

なぜ、笑うのが自分ではなくほかの女なのか。あの女は、今宵、信長の長い指で悦楽の淵《ふち》をたゆたうのではないのか──。

心の根が、ぐらぐらするほど、倶尸羅《くしら》のこころは嫉妬にたぎった。男とはそうしたものだと、生まれたときから知っていたはずだったが、心がどうしようもなく疼《うず》いた。

あんなに愛《いと》おしんでくれたのに。

あの愛撫と賞賛はなんだったのか。ただの気まぐれだったのか。

野遊びの日から十日たち、二十日たち、倶尸羅は悶々と、信長の薄情さを怨《うら》んだ。

怨みのなかで、信長への愛おしさが殺意に変わるのを倶尸羅は気づいた。

こんな口惜しい思いをするくらいなら、いっそあの毒で──と思いながら指で自分を慰めると、ひさしぶりで喜悦がよみがえったが、それがはてると、生きていることがしらじらと無意味に思えた。

とにもかくにも信長に接近するため、倶尸羅は、一計を案じた。

信長が安土城の近くに鷹狩に出かけるのを見はからって、一緒に城を抜けだしたのである。

安土城はまだ普請のまっ最中で、門の石垣も積み終わっていない。外からの侵入者は警戒されるが、なかから出ていく分には、さして苦労はなかった。

倶尸羅は、信長の馬のあとを追い、夢中になって、野を駆けた。

ちかくの伊庭《いば》山の狩場に陣幕を張り、信長と近習《きんじゅ》たちが昼飯を食っているところに、突然、あでやかな能装束をまとった女があらわれた。

痩女《やせおんな》の面をつけている。

「だれだ」

小姓の鋭い声が飛んだ。

数人が、槍、刀を手に立ち上がった。

女はひざを折り、痩女の面をはずして、大地に三つ指をついて平伏した。

「ああ、江口の遊び女であったか」

信長が言った。

「おぼえておいでくださいまして、光栄にぞんじまする」

「息災であったか」

「おかげさまをもちまして」

「なぜ、こんなところまで来てそんな真似《まね》をしたのか」

「はい。安土にては、上様のお召しがとんとございませぬゆえ」

信長は、さすがに苦笑した。近習どもも笑うしかない。

「よし。今宵さっそく召すゆえ、城に帰り、湯をつかっておけ」

そのことばだけで、倶尸羅《くしら》は背中がぞくっとした。

倶尸羅は侍に馬で送られて安土城に帰ると、午後いっぱい時間をかけて湯浴みをし、からだをみがきあげた。

倶尸羅は、いつも二の丸の自分の部屋の鴨居の隙間にしのばせてある小袋から、毒の竹筒を取りだして、湯帷子《ゆかたびら》の襟《えり》にしのばせた。

夜を待ち、小袖を着て本丸に行くと、小姓が奥の寝所に案内した。

褥《しとね》の脇で正座して待っていると、信長がやってきた。

仁王立ちになって命じた。

「脱がせよ」

倶尸羅は返事をして、てきぱきうごいた。

信長を全裸にすると、

「這《は》え」

と、低声《こごえ》で命じられた。

そのとおりにすると、いきなり、白絹の湯帷子の尻をまくられた。強い羞恥心がうずきとなって、快楽の予兆を感じさせる。

信長は、指をいやになるほどゆっくりうごかして、倶尸羅の火処を刺激した。

男の指がこれほどしびれを感じさせてくれたことは、これまでなかった。倶尸羅は、陶然と快楽をあじわっていた。

「馬鹿な女だ。こんなに濡らしおって。淫婦とは、おまえのこと」

「うれしゅうございます。わたしは遊び女。殿方の歓びがなにより随喜の淫婦にございまする」

「そなた、名はなんと申したか」

倶尸羅は、愕然とした。

京の妙覚寺で、あれほど頻繁に貪欲にまぐわったのに、信長は名前も忘れたのか。

「かわった名であったな」

「はい」

「たしか……く」

「そう……」

「倶尸羅である。天竺の鳥の名とかいうた」

「さようにございます。おぼえておいでくださっていて、うれしゅうございます」

「遊び女のおまえが、こんな山にいてはおもしろくなかろう」

「いえ、上様がおいでのところでございましたら、いずこなりともおともいたします」

信長が、指をするりと火処にすべりこませた。倶尸羅《くしら》の口から声がもれた。

「おまえは、自分のからだの内側が、どんなに男を喜ばせるか知らぬであろう。おまえの火処はまさしく天下一。絶品であるわい」

「ありがたき至福のことば。されば、なぜわたしをお召しくださいませぬ」

「ふん」

信長は、倶尸羅をあおむけに寝かせて脚をひらかせると、女陰を指でくじった。淫水がおそろしいほどたっぷり迸った。

「おまえは、わしを殺しにきたのだろう」

倶尸羅は沈黙した。信長の長い指が、気が狂うほどの悦楽をよびさます。

「どうだ、殺しにきたのであろう」

「なぜ、そのようなことをおっしゃいます」

「そのくらいのことがわからぬで大将などつとまるか。おまえは、義昭に命じられて来た刺客であろう」

「いえ……」

「隠さずともよい」

「……」

「殺したいか、このわしを」

信長の指は、緩急自在にうごきまわり、倶尸羅の快感をいやがうえにも深めている。頭の芯がまっしろになってくる。

「はっきりせよ」

「……は……い」

「殺したいのか?」

「はい、殺しとうございます。殺して独り占めしたいほどおしたい申しあげております。殺したい。殺してわたしのものにしたい……」

信長は、倶尸羅の薄い唇を吸った。やわらかくて甘くて、こんなに美味《うま》い女の唇は、ほかに知らなかった。自分を殺しにきた女だと思えば、いっそう興がたかまる。

信長は、倶尸羅にのしかかった。

火処の肉が、しっかりと信長をつつみこんだ。

倶尸羅《くしら》は、褥《しとね》の木綿の薄べりを摑《つか》んで、夢うつつに快楽の海をたゆたっている。ほんとうに気持ちがよくて、生まれてきた幸せをしみじみと嚙《か》みしめていた。

信長が体を動かすと、頭の芯に快感がはしった。倶尸羅は信長の背中にしがみつき、おもわず腰をおしつけた。演技ではなかった。

いつ果てるともない信長の腰の律動とともに、倶尸羅は快楽の絶頂に上りつめた。

信長は、しとどに濡れた倶尸羅の火処に胤《たね》を放つとしばらく体をあずけた。そのからだの重さが、倶尸羅には嬉しかった。

やがてからだを引き離すと、信長がつぶやいた。

「おまえは江口の里に帰れ。ここにはおいておけぬ」

「いやでございます。おそばにおいてくださいませ」

信長は首をふった。

「だめだ。ここにいるというなら、わしは、おまえを殺さねばならぬ」

信長が寝ころんだままおだやかにいった。

「殺してくださいませ。信長様がいないところでは、生きていても甲斐がございませぬ」

信長はうすく笑った。

「さように力むことはあるまい」

倶戸羅は、上半身を起こすと、寝そべったままの信長を見おろした。

そこにいるのは、天下人ではなく、倶戸羅にとってかけがえのない一人の男だった。だれにもわたしたくない男。自分だけのものにしておきたい男。

見つめていると、疲れていたのか、信長は、静かな寝息をたてはじめた。

倶戸羅は、枕元の湯帷子《ゆかたびら》の襟から竹筒を取りだして握りしめた。

それを呑むのは、信長か、自分か、夜の静寂のなかで身じろぎもせず考えていた。

解　説――五通りの葛藤と愛情を浮き彫りにした作品集

文芸評論家　清　原　康　正

山本兼一《やまもとけんいち》は二〇〇九年一月に、侘《わ》び茶の大成者・千利休《せんのりきゅう》と独裁者となった天下人の関白・豊臣秀吉《とよとみひでよし》の拮抗《きっこう》という題材に真正面から取り組み、全二十四章からなる練りに練った構成で両者それぞれの内面に迫った長編『利休にたずねよ』（PHP研究所）で第百四十回直木賞を受賞した。物語の展開に時間遡行《そこう》の手法を採《と》り入れ、さまざまな人物の目に映《うつ》った利休像を多面的に描き出した〝技〟と〝力量〟が高く評価されての受賞であった。

二〇〇五年に『火天の城』（文藝春秋）が第百三十二回直木賞候補作となり、二〇〇八年に『千両花嫁　とびきり屋見立て帖』（文藝春秋）が第百三十九回直木賞候補作となって以来、三度目で金的《きんてき》を射止めた。『火天の城』は、二〇〇四年の第十一回松本清張賞受賞作であった。

この直木賞受賞の折、二〇〇二年に『戦国秘録　白鷹伝《はくようでん》』で作家デビュー、と各誌紙で報道されていたが、信長《のぶなが》・秀吉・家康《いえやす》に仕えた鷹匠《たかじょう》・小林家鷹《こばやしいえたか》の生涯を描いたこの書き下ろし長編よりも前に執筆、発表した短編があり、実質デビューはこちらということになる。その短編を収録しているのが、本書『弾正《だんじょう》の鷹』である。天下統一の道を邁進《まいしん》する織田《おだ》信長の命を狙う鉄砲撃ち、鷹匠、乱波《らっぱ》など五人の主人公たちの葛藤《かっとう》のさまを描き出した五編の短編からなる作品集で、二〇〇七年七月に祥伝社より刊行された。いずれも「小説ＮＯＮ」に発表された短編で、〝信長暗殺〟をキーワードとして、バラエティに富んだ刺客《しかく》の技の数々に男と女のドラマをからませており、五話それぞれにひと捻《ひね》りした構成を楽しむことができる。

「下針《さげばり》」の主人公は、紀州雑賀《きしゅうさいか》党の鉄砲名手・鈴木源八郎《すずきげんぱちろう》。糸に吊り下げた針を二十間《けん》先から射抜く腕前を持つことから、〝下針〟の通り名で呼ばれている。紀州雑賀党の領袖《りょうしゅう》・鈴木孫市《まごいち》の甥《おい》で、五十人の鉄砲衆をしたがえる物頭《ものがしら》（将校）。石山本願《いしやまほんがん》寺法主顕如《じほっすけんにょ》が信長の首に褒賞《ほうしょう》を懸け、天正《てんしょう》四年（一五七六）五月に石山本願寺攻撃を本格的に開始した信長を狙撃することとなる。この源八郎と遊び女《め》の綺羅《きら》の関係を横糸としてからめている。石山本願寺警備の番衆《ばんしゅう》だった綺羅の父は信長の攻撃で戦死していた。この二人のそれぞれの想いが微妙に変化していくさまをとらえている点に、物語の興趣がある。

「ふたつ玉」の主人公は、甲賀《こうが》の鉄砲名手・善住坊《ぜんじゆうぼう》。二発いっぺんに撃つ特技で、これまでに何人もの織田兵を狙撃、殺傷してきた。主の六角承禎《ろっかくじようてい》から美しい側女《そばめ》・菖蒲《あやめ》を下げ渡され、信長狙撃を命じられる。元亀《げんき》元年（一五七〇）五月、京から安土《あづち》へ戻る信長を鈴鹿《すずか》山の峠道で狙撃する。都の白拍子《しらびようし》だった菖蒲との安穏《あんのん》な暮らしを望む善住坊の一面にも触れて、殺伐《さつばつ》な乱世に生きる男と女の真情のありようをとらえている。

「弾正の鷹」の主人公は、信長に堺《さかい》商人の父を処刑された桔梗《ききよう》。松永《まつなが》弾正の側女となり、韃靼《だったん》人の女鷹匠を装って信長に拝謁《はいえつ》する。韃靼人の鷹匠から鷹に人を襲わせる秘術を習得した桔梗だったが、信長の強烈な眼光に身も心もすくんでしまう。信長に降伏していた松永弾正が天正五年（一五七七）十月に再び謀叛《むほん》を起こした際、桔梗は鷹に弾正を襲わせる。それには信長が桔梗に打ち明けた意外な事実が原因していた。『戦国秘録　白鷹伝』にも登場しており、作者の興味のありようを知ることができる。韃靼人の鷹匠は鷹を使っての信長暗殺という奇想に富んだ展開が楽しめるのだが、

「安土の草」の主人公は、甲斐《かい》乱波の草である庄九郎《しようくろう》。信長の御大工棟梁《とうりよう》・岡部《おかべ》又右衛門《えもん》の番匠《ばんじよう》（大工）として、安土城築城に関わる。七層の天守の絵図面を勘考し、信長に採用される。乱波の草・楓《かえで》が、棟梁殺害と城への放火を甲斐からの下知《げち》とし

て伝えてくる。大工職人としての矜持《きょうじ》と乱波としての任務遂行に揺れる主人公の心情、楓への想いなどを浮き彫りにし、信長の頭上に石を落とすための細工をするまでが描かれていく。「人はな、生きていることが大切なのではない。よく生きることが大切なのだ。死のうは一定《いちじょう》」と言う棟梁の言葉に、戦国乱世を懸命に生きる人々の姿が表象されてもいる。

「倶尸羅《くしら》」の主人公は、将軍足利義昭《あしかがよしあき》から閨《ねや》での信長毒殺を命じられた摂津江口《せっつえぐち》の遊び女・倶尸羅。信長の側に侍《はべ》って機会をうかがううちに、信長が天下人ではなく、かけがえのない男、自分だけのものにしておきたい男になってしまう。信長に恋してしまったのだ。義昭との約束など頭の片隅にさえなかったが、それでも渡された毒薬は持っていた。それを呑むのは、信長か、自分か。ラストの場面に余韻《よいん》が漂う。

信長暗殺の手段と過程に男女の交情のさまをからませることで、五通りの葛藤と愛憎模様が浮き彫りにされていく。この五編の短編の初出年を掲《かか》げておこう。

「下針」（二〇〇〇年十一月号）
「ふたつ玉」（一九九八年二月号「信長を撃つ」改題）
「弾正の鷹」（一九九九年十月号）
「安土の草」（二〇〇〇年三月号「安土城の草」改題）

「倶戸羅」(二〇〇一年十一月号)

いずれも「小説NON」に発表されたものである。この初出年からも分かるように、「ふたつ玉」が作者にとっての初の時代小説作品ということになる。『白鷹伝』刊行の四年前のことだ。

また、「弾正の鷹」は、一九九九年に「小説NON」創刊百五十号記念短編時代小説賞で佳作受賞した短編である。選考委員の笹沢左保《ささざわさほ》は、「選評」で「劇画調ではあるが妙に新鮮な派手さがあり、奇抜な信長暗殺計画というアイデア、読者を引き込む迫力も加えて山本兼一氏の『弾正の鷹』を佳作に推《お》した」と評価している。

『火天の城』では、安土城の築城に関わった大工棟梁父子の視点から築城プロジェクトの進行過程をつぶさに描き出すことで、信長の意識に迫っていた。信長に仕えたテクノクラートを通して、信長の存在感そのものを浮かび上がらせる周到な手法が注目される長編であった。本書に収録されている五編の短編は、『火天の城』以前の発表作品であり、作者の信長への関心の深さを改めて感じさせる。

作者は直木賞受賞の言葉の中で「日本の深層に旅をするつもりで、歴史小説を書いている」と記していた。同志社大学を卒業して就職せず、一年間、海外を放浪後、東京で業界誌記者や編集の仕事に携わり、三十歳でフリーランスのライターとなった。

その間も小説家になりたいと思っていたというのだが、三十六歳のときに生活の拠点を京都に移し、小説を書き、投稿を続けた。「何を書けばよいのか。いつも考えていたが、よいテーマが思いつかなかった」と、自伝エッセイ「本のある家」（「オール讀物」二〇〇九年三月号）の中に記している。そして、「歴史小説を書こう、と決めたときには、もう四十歳になっていた」という。このときに、すでに「信長を書きたい」という思いが強くあって、資料渉猟《しょうりょう》と史跡めぐりを始めたのだった。それから七年がかりで完成させたのが『火天の城』であった。書き上げるまでに時間がかかり、「途中から平行して取材を始めた鷹匠の物語『白鷹伝』が先に出版された」のだという。

この後、織田鉄砲隊を組織して最強軍団に育て上げた鉄砲隊頭・橋本一巴《はしもといっぱ》の知られざる生涯を描き出した長編『雷神の筒』（集英社）を二〇〇六年十一月に出して、「信長テクノクラート三部作」を完結させた。信長に対する独特のこだわり、あるいは信長によって運命が変わってしまった人物たちの哀歓模様への感慨、こうした作者の複雑な思いは、本書の五編からも充分に感知することができる。直木賞受賞作にも信長が登場してくる。信長を通して戦国の歴史を見つめる視点が、時代小説を書き始めた当時から、すでに確固たるものとしてあったことがよく分かる。信長そのものを描くのではなく、その周囲にいた人物たちの目を通して信長の人となりを描く手法は、直木賞受賞作の利休を描く手法と重なり合う。山本兼一の一貫した視点、創作姿勢の一端を、本書からくみ取ることができる。

〈初出〉

下針　「小説ＮＯＮ」平成十二年十一月号

ふたつ玉「小説ＮＯＮ」平成十年二月号（「信長を撃つ」改題）

弾正の鷹「小説ＮＯＮ」平成十一年十月号

安土の草「小説ＮＯＮ」平成十二年三月号（「安土城の草」改題）

倶尸羅　「小説ＮＯＮ」平成十三年十一月号

（この作品は、平成十九年七月、小社から四六判で刊行されたものです）

弾正の鷹

一〇〇字書評

切り取り線

購買動機（新聞、雑誌名を記入するか、あるいは○をつけてください）	
□（　　　　　　　　　　　）の広告を見て	
□（　　　　　　　　　　　）の書評を見て	
□ 知人のすすめで	□ タイトルに惹かれて
□ カバーがよかったから	□ 内容が面白そうだから
□ 好きな作家だから	□ 好きな分野の本だから

●最近、最も感銘を受けた作品名をお書きください

●あなたのお好きな作家名をお書きください

●その他、ご要望がありましたらお書きください

住所	〒				
氏名		職業		年齢	
Eメール	※携帯には配信できません	新刊情報等のメール配信を 希望する・しない			

あなたにお願い

この本の感想を、編集部までお寄せいただけたらありがたく存じます。今後の企画の参考にさせていただきます。Eメールでも結構です。

いただいた「一〇〇字書評」は、新聞・雑誌等に紹介させていただくことがあります。その場合はお礼として特製図書カードを差し上げます。

前ページの原稿用紙に書評をお書きの上、切り取り、左記までお送り下さい。宛先の住所は不要です。

なお、ご記入いただいたお名前、ご住所等は、書評紹介の事前了解、謝礼のお届けのためだけに利用し、そのほかの目的のために利用することはありません。

〒一〇一－八七〇一
祥伝社文庫編集長　加藤　淳
☎〇三（三二六五）二〇八〇
bunko@shodensha.co.jp

祥伝社ホームページの「ブックレビュー」
http://www.shodensha.co.jp/bookreview/
からも、書き込めます。

祥伝社文庫

上質のエンターテインメントを！　珠玉のエスプリを！

祥伝社文庫は創刊15周年を迎える2000年を機に、ここに新たな宣言をいたします。いつの世にも変わらない価値観、つまり「豊かな心」「深い知恵」「大きな楽しみ」に満ちた作品を厳選し、次代を拓く書下ろし作品を大胆に起用し、読者の皆様の心に響く文庫を目指します。どうぞご意見、ご希望を編集部までお寄せくださるよう、お願いいたします。

2000年1月1日　　祥伝社文庫編集部

弾正《だんじよう》の鷹《たか》　時代小説

平成21年7月30日　初版第1刷発行

著者　山《やま》本《もと》兼《けん》一《いち》

発行者　竹内和芳

発行所　祥《しょう》伝《でん》社《しゃ》
東京都千代田区神田神保町3-6-5
九段尚学ビル　〒101-8701
☎ 03(3265)2081(販売部)
☎ 03(3265)2080(編集部)
☎ 03(3265)3622(業務部)

印刷所　図書印刷

製本所　図書印刷

ISBN978-4-396-33517-5 C0193
祥伝社のホームページ・http://www.shodensha.co.jp/